星之罪

璃璃

—著—

目次

楔子

這是唐予捷這個月第十次在半夜兩點醒過來了。

每一次醒過來之前，她都會做相同的夢。

夢中，她處在一個類似地鐵月臺的地方，純白、光潔明亮的場景不似人間，倒像是天堂一樣白茫茫的令人震懾。

她乘坐著手扶梯向上，盡頭站著一名穿著綴滿星星圖案外套的男人，在唐予捷抵達之時，他把外套遞給她。

夢裡，唐予捷穿上外套後，那個男人便擦過她的身邊，直接從她上來的手扶梯走下去，等到他的身影消失不見的剎那，也是唐予捷夢醒的時刻。

直至今日，唐予捷依舊不明白這個夢究竟代表什麼。

她想不起夢裡男人的臉，也確定在現實生活中沒遇見會穿星星衣服的異性，只覺得他有著莫名的熟悉感。

嗯，雖然她單身已久，心裡卻也沒有一絲對異性的遐想，這個夢境她始終無法理解。

唐予捷坐在床上思索許久，最終嘆了一口氣，放棄糾結。

「叮咚」響亮的訊息聲迴盪在漆黑的房間裡，唐予捷拿起放在一邊，剛剛用來查看時間的手機，滑開螢幕。

啟恒：予捷，這是這次期中考的成績，麻煩妳傳到班上群組，感謝！

唐予捷稍微猶豫了一下，決定回覆：「好的。」

下一秒，對方又傳了新的訊息。

「這麼晚還沒睡啊？是我打擾到妳了嗎？」

「沒有，剛醒過來，就看見你傳訊息來了。」

「這樣啊，那妳趕快去休息，不打擾妳了，晚安。」

「晚安。」

過了五分鐘，對方沒有已讀。

唐予捷退出聊天室，把手機放到一邊，躺回床上，眼睛盯著天花板發呆。

只要她在凌晨兩點整醒過來，那一晚注定失眠。

那個夢最弔詭的地方，其實不在於那個男人究竟是誰。

而是她清楚記得，在那場夢裡的月臺上有一面白色的時鐘，上頭的時間顯示：兩點整。

第一章

大四的生活很有趣，至少對於唐予捷而言。

對於學分已經修畢，工作也有著落的她，僅剩不多的學生生涯是她最後偷懶的時光。

唐予捷推了推架在臉上的墨鏡，仰頭看了看面前招牌「頤相市立越影高級中學」，又低頭查看手錶上的時間。

「予捷！」熟悉的嗓音自唐予捷身後響起，她回過頭，大學兼高中好友筱戀匆匆忙忙地朝她跑來，親暱地挽住她的手臂。

「剛剛公車誤點，妳沒等太久吧？」留著一頭飄逸長髮，容貌甜美的筱戀拽著唐予捷，眨著眼眸問。

「不會，我也才剛到而已。」

「那就好，我們進去吧。」

語畢，兩人一同踏進了學校的大門。

這是唐予捷和筱戀的母校，她們想著趁著大學最後一年的時間，來探望以前的老師。

溫煦的陽光自葉片中的細縫灑下，猶如金蔥般映照在地上，顯得十分耀眼。

唐予捷和筱戀一邊聊天一邊踏進老師辦公室，事先就約好時間、曾經是他們高二高三的班導師早已準備好點心茶水，在會客室等待她們的到訪。

「潘老師！好久不見！」一見到那名頭髮灰白，臉上留下些許歲月痕跡的女性，嘴角仍掛著她們最為熟悉的和藹笑容，筱戀立即撲了上去，給對方一個大大的擁抱。

「好久不見啊，筱戀，妳啊，還是一如既往的黏人呢。」潘老師笑呵呵地拍拍筱戀的背，引來女孩小聲地回話：「老師不要只說我，妳也很喜歡吧。」

「是是是，這年頭會回來探望老師的學生可少啦，你們回來，我是最開心的。」潘老師仍舊笑著，只是這一次的微笑，多少摻雜了一點哀傷和感嘆，以及看見她們的欣慰。

唐予捷默默地看著兩人互動，緩步上前，微微笑道：「潘老師，好久不見。」

潘老師望著唐予捷良久，說道：「予捷感覺瘦了啊，現在過得如何呢？」

她拍拍身邊的位置，要兩人坐下來。

剛坐下的唐予捷尚未回答，已經離開老師懷中的筱戀快一步說道：「老師，予捷她啊，超級厲害的！還沒畢業就被S科技公司招聘為電子工程師，跟我們這畢業即失業的待業人員完全不一樣。」

「那妳還不好好加油。」聽到筱戀的回答，潘老師愣了一瞬，只不過稍縱即逝。

「唉呀，老師妳又不是不知道工作很難找。」筱戀抱怨道。

唐予捷偏著頭微笑道：「筱戀不是有修教程嗎？說不定之後就來這裡教書，和潘老師成為同事。」

「蛤～現在小孩很難教耶。」

「確實難教，一屆比一屆皮。」潘老師搖搖頭道。

「老師那妳覺不覺得我們是天使！」筱戀睜著眼睛，期待地看著潘老師。

「天使？鬼使差不多吧。」潘老師喝了一口茶，不鹹不淡地回道。

「老師妳這樣太傷我的心啦！」

整個下午，會客室充滿著愉悅的談笑聲。

等到太陽西斜，桌上的杯子也見底，宣告著談天時間即將結束。

筱戀暫時離開去上廁所，會客室頓時安靜了許多。

「予捷。」潘老師輕聲地喚著。

正在喝茶的唐予捷放下杯子，望著老師。

「妳開心嗎？」潘老師望著眼前昔日的學生，深邃的眼眸流露出關心。

唐予捷微微一笑，說：「對於現在的生活，我很開心。」

「是嗎？」潘老師笑了笑：「妳是優秀的孩子，只要是妳想做的事情，就沒有什麼辦不到的，只要這條路是妳選擇的，那一定是最好的安排。」

「是，」唐予捷低眉淺笑：「我還記得老師當初對我選擇電機系非常驚訝呢。」

「怎麼會不驚訝呢，一個對生物領域極具天分，甚至可以稱為天才的學生選擇電機系，身為她的班導又是一位生物老師，自然也會有私心的。」

「我對生物很感興趣，只是它於我而言有莫大的意義，我不會選擇它當作自己的出路。」唐予捷道：「不過，我還是很感謝老師的指導和關懷，讓我在這裡的兩年得以忘掉過去的不愉快。」

潘老師看著她，良久嘆了一口氣。

唐予捷是高二才轉學到越影高中，一見到這個孩子的瞬間，潘老師就覺得對方身上有一股揮之不去的陰影以及心靈受創後的警戒。

加上唐予捷的身世背景十分堪憐，家人意外身亡，孤苦無依，面對這樣處境的學生，總對學生盡心盡力的她，自然對唐予捷多一分關心。

而唐予捷又是一個乖巧體貼，成績優秀的學生，任誰都會喜歡她。

雖然潘老師和唐予捷在那兩年的關係比一般師生更加緊密，但唐予捷終究沒有對老師吐露她自身的任何想法，一如她的過往，鎖死在她的心底，誰都無法將之撬開。

潘老師認為唐予捷的經歷不只是像學生資料一樣那般簡單，但她沒有多問，只是默默地陪在她身邊，直至她畢業。

而在得知對方如今以及往後的生活都有好的發展，她也放心了不少。畢竟看著她，就像看著自家女兒一樣。

「不談這個了，我有一個東西要給妳。」說著，潘老師從身邊的袋子掏出一盒黑色的禮物盒，用粉紅色的緞帶包裝，附著一張用燙金作為裝飾的卡片，上頭用鋼筆寫下「唐予捷　收」的字樣。

「這是什麼？」唐予捷接過，問道。

「是顏勳要送妳的禮物。」潘老師答道。

「顏勳？」唐予捷偏了偏頭，想了片刻才憶起那是她高中同學的名字，是個害羞內向的男學生，因為家境貧困，時常受到同學們的幫忙。

再來對他的印象，就是收到他在上個月底因為車禍不慎過世的消息。

唐予捷頓了頓，問：「他怎麼會想送我禮物？」

「顏勳在畢業前有跟偷偷跟老師說，他想要在畢業後分別送給班上同學一份禮物，說是答謝同學在高中時期對他的幫助，也難為他這麼有心了。他不好意思直接跟同學聯絡，所以禮物都是寄給我，請我轉交。」潘老師說道，也許是想起那個早逝的年輕人，揚起的笑容帶了點苦澀：「老師記得，妳在高中時期也幫了顏勳不少忙呢。」

「那是我應該做的，謝謝老師的轉交。」唐予捷低聲道，順道把禮盒收起來。

待筱戀再度踏進會客室時，唐予捷和潘老師的對話也已經停止。

最終她們帶著老師給她們的禮物和祝福踏出了校門口。

「啊……也不知道下次再來看老師是什麼時候。」筱戀看著高中校園的景色，有些感嘆地說。

「想來就來啊，先跟老師說一聲就好了。」唐予捷說道。

「之後就要畢業了，就更沒有時間了。」筱戀回頭看向唐予捷說：「妳還記得我們畢業那天和老師保證的嗎？之後的每一年都一定會回來看她的，第一年有一半同學回來，第二年有三分之一的同學，第三年小貓兩三隻，第四年，就只剩下我們了。」她的語氣有些哀傷：「再怎麼要好深刻的感情，一旦時間久了，終究都會淡去，最終消逝。」

「這個世界上，本就沒有什麼情感會是刻骨銘心的。」唐予捷平靜地說著：「但也因為這樣，才會在擁有的時候覺得意義特別，不是嗎？」

「也對。」筱戀笑了笑：「予捷，我們明年再來看老師吧。」

「好啊。」唐予捷凝視著沐浴在夕陽之下的招牌，輕聲地應道。

✡

和筱戀道別後，唐予捷回到自己的租屋處。

她逐一將老師送給她的禮物收納好，而當她摸出最後一樣東西，也就是那個黑色禮盒時，她望著上頭的卡片停頓了幾秒。

思量片刻，她抽開禮盒上的緞帶，將之打開。

長方形的禮盒裡放著一本精裝硬皮的筆記本，並附有一張手寫卡片，大意是感謝她過去的幫助，卡片的最後也寫著顏勳二字。

這的確是顏勳的字跡，可是不知為何她內心升起一股詭異。

是因為顏勳死了嗎？收到已死之人的禮物讓她覺得奇怪？

不是。

唐予捷抿了抿唇，試圖弄清楚心底的感受，於是拿起筆記本，謹慎地翻開，從第一頁翻到最後一頁。

沒有出現任何異狀，直到她翻到封底。

封底鑲著一枚微型晶片。

那枚晶片相當眼熟。

那是她已故的母親所研發出來，市面上找不到的新型晶片。

意識到這件事的瞬間，唐予捷頓時感到手腳發冷。

剎那間，一些因為時間流逝而稍顯模糊的記憶猛的鮮明起來。

唐予捷伸出手想要拿起晶片，可是她的手不斷地顫抖，讓她無從施力。

她用另一隻手握住自己的手腕，強迫自己把晶片從筆記本上拿出來。

如果一切都如她所想，那麼她應該要把晶片打開，去確認送她這枚晶片的人要傳遞什麼消息。

唐予捷拉開書桌抽屜，從裡面拿出了備用筆電，然後顫抖地將晶片插進電腦中。

電腦螢幕上躍出了需要輸入密碼的欄框。

唐予捷將游標移向密碼提示。

提示寫著：妳最近研發出來的程式。

若說先前唐予捷只是感覺全身發冷，這一次她就像整個人被潑了一桶冰水。

因為公司的緣故，她最近確實剛研發出一個根本還未發布的作品。

是誰能夠設置這個程式？只有那個人能夠辦到。

他是如何窺探她的生活？

剎那間，她彷彿覺得自己像被遠處千百隻眼睛拿著望遠鏡躲在暗處偷窺，令人無所遁形。

她咬著下唇，放在鍵盤上的手指明顯的發顫。

她要解開嗎？

唐予捷腦海裡倏然鮮明的回憶正在催促著她下一步行動，不容她逃避。

她握住雙拳，深呼吸一口氣，然後站起身把對外落地窗的窗簾一口氣拉上，阻隔外界的光線。

接著她坐回電腦前，停頓了幾秒，雙手開始在鍵盤上飛快地敲打。

不論未知有多可怕，在一切還未發生前，永遠都有資格扭轉未來。

這是她逝去的父親告訴她的。

所以她要打開這枚晶片，她要弄清楚對方的目的。

鍵盤敲打的聲音占據唐予捷租屋處約十分鐘後，終於聽見代表解鎖的電子音。

而當她看清晶片裡的內容的剎那，感覺像是整個人陷入冰窖一般。

冷的刺骨，無法動彈。

這般冷意的源頭，是終究要面對事情的痛苦。

電腦螢幕褪去密碼後浮出的畫面只有一句話，那句話占據電腦螢幕的正中間，霸道的令人無法忽視。

「好久不見，別來無恙。」

第二章

星夜一手撐著下頷，一手支在實驗桌上，輕輕敲著節拍。

在心裡默數了兩分鐘後，她放開撐著下巴的手，轉而看向實驗桌上的東西。

一杯裝著水的燒杯中，一個蝌蚪形狀的結晶體……更正確來說是玻璃，在水中載浮載沉。

她吐了一口氣，小心地從燒杯中拿出那「條」玻璃，放在器皿中，接著開始寫下觀察紀錄。

這是學校的自然科作業，要每位同學自選一項實驗，觀察其結果並且嘗試思考其可能應用。

星夜選擇製作魯珀特之淚，也就是用熔化的玻璃靠著重力掉入冰水中形成的一種玻璃之淚，因為內部的壓力不均衡，使其有著即使用子彈也無法打碎的頭部，然而若捏碎玻璃的尾端，整個魯珀特之淚就會應聲碎裂，粉碎的碎片非常細小，並不會使人受傷，這樣的效果也應用在強化玻璃上。

現在，魯珀特之淚是做出來了，但是還得思考這個東西還有什麼世人未想到的應用。

「這還真難啊。」星夜一邊嘆氣一邊確認自己所要填寫的資料沒有闕漏後，伸手捏住魯珀特之淚的尾端，稍加力道，整顆淚滴在她手上化為粉末。

她收拾好實驗室，揹起包包，把門帶上。正準備離開學校時，身上的手機響了起來。

星夜掏出手機，打來的是她母親蘇綰悅。

星夜接聽了電話：「媽媽，怎麼了嗎？」

「小夜，妳爸爸今天有沒有和妳聯絡？」

「爸爸？」星夜偏了偏頭，思索片刻道：「沒有欸？爸和哥從昨天進實驗室後手機就關機了，不過他說今天中午前一定會回家。」

「怎麼啦？人還沒回家嗎？」星夜看了看手錶，下午六點四十分。

「何止不見人影？連電話都不接。」蘇綰悅的聲音冷冷的，沒什麼情緒，但隱約有種風雨欲來的威脅感：「小夜啊，妳說他會不會忘記今天是什麼日子？」

「忘記？」星夜噗哧笑了聲：「我說蘇女士，星先生就算再怎麼熱衷於泡在實驗室，他也絕對不敢忘記今天的吧？」

畢竟今天可是蘇綰悅的生日呢，她那個妻管嚴的爸爸怎麼可能敢忘記？

「媽媽，說不定爸爸要給妳準備驚喜呢，妳不要那麼著急嘛。」

「好吧，那我暫且給他機會，妳也趕快回家，天色不早了。」聽見自家女兒的安撫，蘇綰悅的語氣不再那麼「可怕又冷漠」，兩人又聊了幾句後便結束通話。

掛掉電話，星夜想了想，點開和爸爸的聊天室傳了一則訊息出去。

媽媽對你失蹤很不滿哦。

傳完訊息後，星夜收起手機，在回家的路上順道買了給蘇綰悅的禮物。

「今天是蘇老師的生日對吧？」在譽琮鎮上唯一的精品店結帳絲巾時，櫃員笑著向星夜搭話。

「對啊，這可是我積了好久的零用錢呢。」星夜一邊看著櫃員打包絲巾，一邊回應。

這座稍嫌偏鄉的小鎮中，星家可以說是最為獨特的家庭。

星�令及蘇綰悅是一對他人眼裡的神仙眷侶，兩人不僅擁有絕頂的容貌，更是頂尖的天才科學家，常常研究出許多驚人的發現，他們的兒子星空繼承父母優秀的基因，是專業領域裡的翹楚，在小鎮裡唯一的醫院裡擔任最年輕的外科主任醫師；女兒星夜，則是世間難得的全領域天才，其中又以生物和電子專業領域最為突出。

如此出色的一家人為何選擇待在這沒沒無聞的小鎮中？根據星笭令的話，是喜歡這小鎮的純樸，以及不會將他們當作怪胎。

天才是耀眼的，會螫疼旁人的眼睛，會招來他人的嫉妒和怨恨，若身處於嘈雜紛亂的大城市，根本無法好好做研究。

「蘇老師看到這個一定會很感動的，也請星夜幫我和蘇老師說聲生日快樂。」櫃員微笑地把包裝好的絲巾遞給星夜。

「謝謝。」星夜接過禮物，同時也接過祝福。

這座小鎮就是如此和樂融融，讓人忍不住沉醉其中。

星夜拿著禮物走回家，還沒走到門口就看見一抹高挑的身影佇立在那。

「哥！」星夜快步跑了過去，那人回過頭，出色的臉龐揚起寵溺的微笑，他張開雙手彎下腰，任由星夜撲進他的懷裡。

星空，二十四歲，除了是頂尖醫生之外，更是爐火純青的妹控。

「小夜，買了什麼禮物啊？」星空低下頭，看著星夜問道。

「絲巾！」星夜獻寶似的將盒子遞給星空看，反問對方：「哥呢？準備了什麼啊？」

「祕密。」星空神祕的笑了起來。

「欸？小氣鬼。」星夜嘟起嘴巴，隨後又道：「哥和爸爸今天去哪裡了啊？媽媽剛剛差點以為爸爸不記得她的生日生氣呢。」

「怎麼可能啊，除非筎令不要命了。」星空失笑道：「我們今天在實驗室準備禮物哦，原本算好時間的，但中間出了一點差錯，這才拖到現在。」

「欸？那現在爸呢？」星夜眨著眼眸問。

星空用下巴指了指家：「在裡面和綰悅秀恩愛呢，眼睛太痛就跑出來等妳回家啦。」

「蛤～所以哥不是特地來接我的哦……」星夜有些委屈。

「逗妳的呢，妳是我的妹妹，當然要來接妳回家啦。」星空捏了捏星夜的鼻子。

星夜聞言，精緻白皙的臉龐上揚起燦爛的笑容，她緊緊抱著星空的脖子：「我就知道哥哥最好了，我超愛你的！」

嗯，不說星空是妹控，星夜也是毫無疑問的兄控。

「我也很愛妳哦，小夜。」星空抱著星夜，低垂著眼輕聲地回應道。

✡

蘇綰悅五十歲的生日慶生圓滿落幕。

夜裡，星空貼心地替趴在客廳桌上睡著的父母蓋上外套，並且非常「好心」的幫他們手牽手，包準隔天醒來感情又上升一個層次，便一個人到屋外的斜坡坐下來看星星。

沒過多久，他感覺到有人在他身邊就坐。

「小夜，明天還要上學喔，不去睡覺嗎？時間不早了。」星空溫聲地說道。

「我已經十六歲，不是小孩子，可以熬夜了。」星夜鼓起臉龐，不滿星空對她的方式還像她年幼的時候一樣。

星空看向她，笑道：「在這個家裡，妳還是小孩子啊。」

星夜輕哼了聲，過了幾秒她再度開口：「哥，你不開心嗎？」

星空頓了頓，隨後說：「我沒有啊。」

「你有。」星夜斬釘截鐵地說。

星空沉默了一會，開口：「小夜，別人畫星星都喜歡畫正正方方的五角形或六角形，妳小時候畫星星總喜歡把其中一個角畫得特別的尖和長，這是有什麼用意嗎？」

「用意？沒有啊。」星夜皺起眉，不知道星空為什麼會突然跳話題：「我只是不想要和大家一樣，就這樣而已。」

「不想要和大家一樣嗎……」星空輕聲地呢喃，聲音宛如要融入黑夜中，就如他低下頭的剎那，一瞬間顯現在他唇角的微笑。

「那妳相信我嗎？」

星夜偏頭看著有些莫名其妙的哥哥，即使不解對方在說什麼，她依舊回答地斬釘截鐵：「我當然相信你。」

星空望著她，墨黑的眼眸像要貫穿她的靈魂，不容她說謊：「無論我做什麼，妳都相信我會成功，並且無條件支持我嗎？」

「嗯。」星夜大力點頭：「因為你是星空，是我的哥哥，所以我一定會全力支持、相信你的。」

聞言，星空微微一愣，片刻他伸手抱住星夜，頭靠在她的肩上，喃喃地說：「謝謝妳，小夜。」

謝謝妳如此地相信我。

即使其他人都不信我也沒關係，只要有妳，我就能繼續堅定地走上屬於自己的道路。

因為我、我們是特別的，唯有妳能夠與我攜手前行。

第三章

彥瑄徽對著鏡子再三檢查自己的容貌。

粉底、眉筆、眼影、眼線、睫毛膏、腮紅、唇蜜……嗯，全妝，一個也不少，確認沒卡粉，OK！

瀏海和髮尾的捲度適當，果然提早半小時用電捲棒捲頭髮是對的，她的頭髮太長太多又太直，本身又是娃娃臉，總被人誤以為已經大學的她還是國中生。

以往她十分樂意被說年輕，不過今天例外。

視線往下走，她今天穿著一身碎花洋裝，純白的雪紡紗隨著房間裡的冷氣輕輕擺盪，點綴在衣擺上色彩繽紛的花朵猶如徜徉在海浪上起起伏伏。

膝上的裙擺滾了一層荷葉邊，這是她對於這件衣服稍微不滿意的地方，不過此時此刻，那層荷葉邊也順眼了許多，大概是她心情很好的緣故。

彥瑄徽為自己搭上了白色的流蘇耳環，鑲著水晶的耳飾在光線下折射著七彩的色澤，為她整個人提高了一層吸引力。

她對著鏡中的自己拉出一抹笑容，確認牙齒潔白無瑕，確認自己的外表沒有絲毫瑕疵，她開心的拎起斜邊包離開房間。

然而她才剛下樓，就被迎面而來的女人打斷興致。

「徽徽，妳要去哪裡？」穿著樸素的服裝，將頭髮綰在後腦勺的中年婦女看著打扮得光鮮亮麗的女兒，有些小心翼翼地問著。

一股煩躁感油然而生，彥瑄徽撇撇嘴，不耐地說：「出門。」

「那……妳會回來吃晚餐嗎？」

「不知道啦！妳很煩誒，可以不要管我嗎？」彥瑄徽用力甩著手，只覺得在眼前追問她的母親十分煩人。

「我……我只是關心……」

「不用妳關心！我已經不是小孩子了！」彥瑄徽打斷母親唯唯諾諾的話語，她背上包包繞過對方，挾雜著怒氣用力關上家門。

她的母親老是喜歡多管閒事，這就算了，她頂著那張因為家務繁忙無法好好保養照顧、日漸衰老的臉和她說話，讓她看了就倒胃口。

她才不想和連自己都不會打理好、這麼邋遢的女人對話，那只會降她的格調。

「砰」一聲，終於阻隔了她和媽媽之間的關係，彥瑄徽仰頭看著前幾天一連下雨難得出現的湛藍天空，剛剛不愉快的心情一掃而空。

她揚起笑容，順了順頭髮，踩著白色的平底鞋，嗒嗒嗒地踏著石子地前進。

今天是她和網友見面的好日子，可不能讓無關緊要的人掃興。

幾個月前，彥瑄徽在交友網站上結識一位網友。

網友頭貼是一雙修長勻稱、骨節分明、白皙透亮的手，介面僅寫了一個字母S，其他的資訊都沒有透露。

但是彥瑄徽不由自主點進對方的聊天室與之談話。

也許是那雙手給她的感覺太過特殊，也許是那雙手很漂亮，而她剛好是手控，也許是那個字母S處處透著神祕，不論如何，這個網友給她莫名強烈的吸引力。

幾次聊天下來，彥瑄徽得知對方的一些資訊，例如性別男、大她三歲，已經出社會、現在和她都身處在白雨市等，縱使不是全部，彥瑄徽的心底卻充滿說不出的滿足感。

她發現她對這個開朗陽光又溫柔體貼的網友暈船了。

她期待與他聊天，跟他分享生活的枝微末節，他總是能夠風趣又不失溫柔的回應著，並且適時提點她，讓她在幾次選擇中都做出了最合適自己的道路。

對彥瑄徽來說，這位網友不再是單純的網友，更是她的心靈導師。

聊了一段時間後，對方提出了見面的建議。

其實彥瑄徽是有點猶豫的，畢竟網友見面這種事會有多危險她自然知道。網友顯然也看出她的顧慮，解釋只是出來逛個街、看個電影、吃個飯，當作朋友一樣見面，然後就各自回家，如果彥瑄徽仍有疑慮，邀其他朋友來也是可以的。

幾經思考，彥瑄徽答應了，而對方選了離她家不遠的商圈中心作為碰面地點。

她好歹是跆拳道黑帶三段，在出門前也將手機設好快按，包包裡放了防狼噴霧和美工刀，她能肯定，對方若欲圖不軌，只要在人多的地方，是有信心可以逃脫。

她也將和網友見面的注意事項抄成一張小紙條，放在包包裡隨時提醒自己。

就這樣，做好萬全準備的彥瑄徽走向了目的地。

今天天氣很好，即使豔陽高照卻不至於太過悶熱，徐徐微風拂過她的臉龐，很是舒服。

彥瑄徽懷著期待興奮的心情，在相約地點陰涼處等待對方的出現。

兩分鐘後，一道很好聽的男聲從她身後傳來：「哈囉！久等了。」

彥瑄徽聞言，回過身。

甫見到對方的臉，彥瑄徽就感覺自己的大腦一片空白，過了好一會她才乾巴巴地開口：「你……你是S嗎？」

來者有張驚為天人的絕頂面容，細框眼鏡後面的眼眸透著如繁星般璀璨的光輝，搭配他簡潔的灰藍短袖上衣加白長褲的打扮，讓人忍不住屏住呼吸。

「是啊，很高興見到妳，小徽。」S半舉著手，眼睛笑得彎彎，雙眼中好似盛滿星星。

他輕輕拂過彥瑄徽額頭上細密的汗珠，注意到對方的神情有些僵硬，他很快收回手，有些歉然地說：「抱歉，我冒犯到妳了嗎？」

「沒……沒有……只是我……」彥瑄徽有些語無倫次地回答，面對一個喊著雖然是在交友網站上的名字，但還是過於親暱的稱呼，加上又替她擦掉汗水的帥哥，她完全被對方弄得不知所措、六神無主。

「我也是……很開心見到你……對了，你是怎麼認出我的啊？」為了轉移話題，彥瑄徽趕忙問出自己的疑惑。

S微微一笑，道：「妳看看四周，這附近很少會有人自己一個人來逛街，不是和親友一起來的就是在等人，但不會有人和妳一樣，不是滑手機也不是傳訊息，而是死盯著手機像在等待什麼，因為他們都知道會和誰見面，不需要對方提醒也能夠找到人。而妳家離這裡很近，我推測妳應該會走路過來，所以只要看妳的樣子就能認出妳了。」

「樣子？」彥瑄徽不解。

S指了指她的平底鞋道：「前幾天下雨，妳的鞋子沒有沾到泥濘，我想妳應該是走石子路，這附近除了月湖街，沒有一條路是石子路；而不論是公車站還是捷運站，沒有一項大眾運輸的站牌在月湖街；妳是待在陰涼處等我，但臉上有紅暈跟汗水，顯然妳剛剛運動過，這也排除妳搭計程車或是請家人帶妳來的選項，種種跡象證明，妳家離這裡並不遠，妳是步行來的。」

「哇……你是偵探嗎……也太厲害了。」彥瑄徽佩服得睜大眼，S又笑了：「還好啦，多觀察就能看得出來。」

「不過，你又是怎麼知道我家離這裡很近？」彥瑄徽再度提出疑問。

「妳在訊息中跟我抱怨過，妳家附近很常開演唱會到很晚，這座縣市能開演唱會的地方不是霄鴛體育館就是文化流行音樂中心。上星期妳去銀行的路上一直和我聊天，也跟我說過妳沒駕照，而從妳出門到和我說到銀行之間有半小時的時間，我推測妳應該是搭車去銀行辦事，霄鴛體育館附近就有很多家銀行，所以我猜，妳是住在文化流行音樂中心附近，而離文化流行音樂中心最近能夠逛街的地方就是這裡了。」S依舊微笑著，他看著眼前因為驚訝而微微張嘴的女孩：

「我想，選一個離妳家近的見面地點，妳應該就有比較多的時間可以準備，也不會那麼不安。」

S頓了頓，倏然又勾起更深的微笑：「果然不出所料，小徽妳跟我想像中的樣子一樣漂亮呢。」

「砰」一聲，彥瑄徽的腦袋爆炸了。

怎麼辦，她好像更暈S了。

聽著眼前俊秀的青年說出的那些話，彥瑄徽的臉泛起了紅暈，她害羞地低下頭，絞著手指：

「我……我沒有啦……」

看她這樣，S有趣的笑了起來，他揚著好聽的聲音說道：「那麼，事不宜遲，我們去逛街吧。」

「好。」彥瑄徽點了點頭。

「小徽。」

「嗯？」彥瑄徽仰頭望向S。

「我有預感，今天一定會是個很愉快的一天。」燦爛的陽光把S的笑容襯的更加絢爛耀眼：「因為能和妳在一起。」

聽到他的話，彥瑄徽也笑了：「謝謝，我也有預感。」

她是真的很期待，與S的相處。

第四章

「予捷？予捷！」

唐予捷眨眨眼，將漫無天際的神智拉回現實。

坐在對面的男子擔心的看著她，問：「予捷，妳還好嗎？是哪裡不舒服嗎？」

唐予捷搖搖頭，說：「沒事，抱歉，我恍神了。」

「那我繼續說囉？妳真的可以嗎？」蘇啟恒一手拿著一疊資料，一邊再三詢問。

「嗯。」唐予捷整頓了一下心情，勾起笑容點點頭，硬是逼迫自己把那天在晶片上看到的內容打包丟到一邊。

她現在正處於學校附近的一家咖啡廳，而坐在她對面的是他們系上的助教，蘇啟恒。

蘇啟恒和唐予捷只相差八歲，或許是年紀相近，又或許是他們兩個有相同的話題，相同的腦頻率，因此兩人十分投機。

他們走得很近，更準確來說，明眼人都「看得出來」蘇啟恒對唐予捷的心意，但也許是身分的關係，他沒有打破那一層界線，僅以朋友自居；至於唐予捷，根本沒有人能知道她到底在想什麼，她就是一個神祕高冷的天才美女，總讓想親近她的人卻步。

能和唐予捷親近的，整個大學也只有筱戀和蘇啟恒。

距離收到晶片的那天，已經過了一個禮拜。

這個禮拜，唐予捷每晚都做著相同的夢，也總在兩點整醒過來，然後徹夜失眠。

這七天，她也為了那枚晶片勞心勞累，可是沒有什麼新的發現。

直到昨天，她收到蘇啟恒的訊息，說是他的朋友正任職S公司，可以給她一些入職前的準備建議。

唐予捷正好想要轉換心情，於是答應了邀約，沒想到又走神了。

蘇啟恒凝視她幾秒，最終將資料裝進牛皮紙袋遞給唐予捷：「我剛剛把比較需要注意的事情說完了，剩下的妳應該自己看一下就好了。」

「嗯，謝謝。」唐予捷接過，她明白蘇啟恒的用意，所以並未提出離開的請求。

「予捷，我可以問問妳是有什麼心事嗎？」蘇啟恒看著面前的女孩臉色蒼白、憔悴，推估對方這幾天應該都沒什麼休息。

唐予捷抿了抿唇，蘇啟恒比起筱戀是更好的傾訴對象，他們的頻率一致，不需要花太多時間贅述不必要的瑣事，而蘇啟恒是一個溫柔、富有耐心，並且時時站在他人立場著想的「成熟」男人，若唐予捷有什麼心事需要找人談談，他確實是不二人選。

只是……她實在不知道怎麼解釋她的困擾。

見到唐予捷有些為難的樣子，蘇啟恒安撫地笑道：「沒事，妳如果不想說也沒關係。」

唐予捷抓緊雙手手指，抿了抿下唇，她掙扎了一會，最終斟酌地開口：「啟恒，如果……當一個你認為不會再出現的事物突然出現在你面前，你會如何呢？」

蘇啟恒偏了偏頭，道：「雖然妳說『認為不會再出現的事物』，但感覺予捷對那個事物的出現並不意外，甚至看起來是不想面對那件事，所以才把它歸為『不會再出現』。」

唐予捷看向蘇啟恒，苦笑了聲：「……不想面對嗎……你果然還是很敏銳呢……」

「看妳的表情，任誰都不會覺得妳對此事意外的。」蘇啟恒微微一笑道。

「也許我更多的是感到疑惑。」

「疑惑？」蘇啟恒喝了一口咖啡。

「雖然有人說那件事對我不利，但事實上我並未因此而受過傷害，我的確不意外它的出現，只是不解它為什麼要選在這個時候找上我？」

「予捷，妳會害怕嗎？」蘇啟恒望著她，雙眼平和的猶如深不見底的河水。

「害怕……」唐予捷皺了皺眉：「我不會感到害怕，因為它是我非常熟悉的事物。」

蘇啟恒聞言，聲音依舊溫和如微風般：「那麼妳或許能想想看，它有什麼理由『需要』這個時候找上妳。」

唐予捷看向對方，正想要開口，一道女聲截斷她的話語：「不好意思，請問妳是唐予捷小姐嗎？」

唐予捷仰起頭，發聲的是咖啡店裡的店員。

「是，請問怎麼了嗎？」唐予捷輕聲地問。

「這是本店今天特別招待客人的蛋糕，請妳收下。」店員噙著親切的笑，將手中一盤蛋糕遞給她。

唐予捷定睛一看，是她最喜歡的巧克力蛋糕。

她微愣，下意識接過盤子：「謝謝？」

「不用客氣，祝妳有個美好的一天。」店員輕輕頷首作為招呼後便離開，留下唐予捷和一盤莫名出現的蛋糕。

「這家咖啡店時不時會出現這種優惠活動，看來妳很幸運。」蘇啟恒笑道。

「但是……店員怎麼會知道我的名字？」唐予捷望著手中的蛋糕，心中莫名有些堵，好像有什麼東西卡在裡頭，無法順過氣來。

「若我沒記錯，我們很常來這家咖啡店，而且都辦了會員，他們多少應該也記住了妳的樣子。」

「是嗎……」

「服務業不就是這樣嗎？以客為尊，要是他們連熟客的臉和名字都記不起來，那就有失他們身為服務生的職責呢。」

「沒有那麼誇張啦。」唐予捷失笑，雖然蘇啟恒說得很委婉，但她明白他話語底下的意思。不過她是不認為自己有重要到要讓素昧平生的人都記住她，又不是什麼大明星。

唐予捷放下蛋糕，正打算繼續回到被打斷的話題，卻被一道閃光再次奪去了注意力。

唐予捷皺起眉，她俯下身湊向桌上的巧克力蛋糕。

「予捷？怎麼了嗎？」蘇啟恒注意到唐予捷的異狀，關心的問著。

「這個蛋糕……好像哪裡怪怪的……」唐予捷一邊說，一邊用叉子掀開裝飾精緻的蛋糕，咖啡色的奶油花被她用叉子刮下來，顯露出底下的異狀。

一抹銀光夾在軟綿的蛋糕裡。

唐予捷的眉頭蹙的更緊，她伸出手把蛋糕往兩側掰開。

下一秒，她立刻就後悔了，後悔萬分。

散發香氣的巧克力蛋糕裡，夾著一枚微型晶片以及……

一根新鮮的人類手指，旁邊用紅色的液體寫著——

電影院裡的大屏幕刷過數十個名字的片尾，宣告這場電影已到了尾聲。

S站在一邊，耐心地等著身邊的女孩把被自己哭花的妝容整理好。

誰知道一部驚悚推理片居然會在大結局前反轉，來個賺人熱淚的感人戲碼。淚點低的彥瑄徽瞬間就哭得淅瀝嘩啦，像關不住的水龍頭，直接把她臉上的妝毀得慘不忍睹。

原本彥瑄徽想去廁所處理，但思及電影結束外頭的廁所一定很多人，S遞出一條手帕，要她在場外的走廊安靜處理就好，他會幫她遮掩，並且在她弄完之前，S不會去看她，這是對一個人的尊重。

☆

彥瑄徽把沾滿淚水的手帕放在手臂上，從包裡掏出化妝品逐一把妝補好。

好不容易，兩人終於離開電影院。

S回頭看著走在身邊的彥瑄徽，女孩即使妝容精緻，依舊遮擋不了她泛紅的眼眶。

「沒想到妳這麼感性呢。」S輕聲地說著。

「我……我只是不小心太入戲了。」彥瑄徽低下頭，有些不好意思。

「不用不好意思，妳這樣很可愛啊。」S哈哈笑了兩聲：「眼睛紅紅的很像小白兔呢。」

聽到這裡，彥瑄徽只覺得臉頰發燙。

被一個暈船對象這樣撩撥，她的心簡直快要失去航行方向了。

「S是不是很會撩女孩子？」彥瑄徽喃喃地問著。

S偏了偏頭，故作思考了一番，道：「是嗎？我不這麼認為呢，或許是小徽太可愛了，我才這樣的？」

彥瑄徽覺得更窘迫了，然而她不知道，這還不是最窘迫的時候。

「咕嚕咕嚕……」一陣震耳欲聾的叫聲自彥瑄徽的肚子傳來。

「……」彥瑄徽覺得自己真的丟臉丟到家。

「唉呀？看來『它』很認同我的話耶？」

「才不是呢，你不要亂講話。」彥瑄徽紅著臉，有些氣急敗壞地看著故意捉弄她的溫柔網友。

「欸？難道不是嗎？」S戳了戳下巴。

「不、是！」彥瑄徽雙手插腰，擲地有聲地說著。

見她這樣，S拍了拍她的肩膀，說：「好啦不鬧妳了，我看一下……現在大概六點多，剛好可以吃晚餐？」

彥瑄徽還沒回答，肚子再度發出要進食的聲音。

「……」雖然她今天沒有吃正餐，但也不至於叫成這樣吧。

S被她幾乎要縮成一團的樣子逗笑，他的眉眼沾著笑意：「那我們就先去吃飯吧，剛好可以順便聊聊天呢。我記得妳喜歡日式料理，我們去吃壽司如何？」

「真的嗎？好啊！」一聽到自己喜歡的食物，彥瑄徽站直了身體，雙眼放光。

「真的，走吧。」

「耶！」沉浸在期待食物以及幾乎一天的相處經驗，讓彥瑄徽不由自主地放下對陌生網友基本的警戒。

應該說，她對S從來就沒有多大的警戒。

因為S有某種讓人不由自主就放下心防的親和力。

S看著彥瑄徽愉快的背影，再度勾起笑容。

如果彥瑄徽此時回頭看，就能撞見那名一直都是陽光溫柔的青年，現在臉上的表情是多麼的駭人。

那是一抹猶如爬蟲類攀在他臉上的扭曲歪斜。

第五章

「欸欸，小夜，老師昨天出的作業，妳寫完了嗎？」長髮女孩戳了戳星夜的肩膀，皺起眉問。

「作業？」星夜瞥了眼，說道：「做完了啊，怎麼了嗎？」

「做完了?!」長髮女孩有些不敢置信地提高聲音：「這作業超難的！妳居然一天就做完了……算了，妳是星夜嘛，好像又不是很奇怪……」

女孩一頓碎念後，拉住星夜的衣袖扯了扯：「小夜，那妳能教教我嘛？」

「可以啊！妳哪題不會？」星夜一邊吃著巧克力棒，一邊湊近女孩的身邊，盯著她攤在桌上的習題。

對於天才星夜來說，任何一道題目或是問題對她而言都是小菜一碟，她從未想過題目難到解不出來是怎樣的感覺，也從未體驗過被難倒的挫敗。

在她的世界裡，沒有未知數。

在這樣「全知」視角裡，她有時候也不太理解他人的困擾，不過她的父母經常告訴她必須站在他人的立場著想，因為人是不一樣的。

星夜只是現在還沒找到她的弱項，她一定也有哪一方面是不擅長的。

「妳應該不希望遇見當自己碰上很困擾的事情，還要面對這領域的菁英質疑妳為什麼不會處理的窘境吧？有時妳的不理解在別人眼裡，是二次傷害。」星筎令曾這麼說道。

星夜謹記著這一句話，即使至今她尚未找到自己的弱項，但在碰上旁人有問題請教她，她也會嘗試把自己放到對方的立場上，設身處地的著想。

不可否認，這很累人。

「這一題。」長髮女孩指了指。

星夜看了眼題目，說了一句：「密度。」

「啊？」長髮女孩不解。

「水的密度在攝氏四度的時候最小，要以這個前提下去思考。」星夜還未進一步解釋，一道聲音插了進來。

兩人回頭看過去，星空一手搭在肩頭提著包包，一手插著口袋。身穿白色襯衫和西裝褲的他，頗有四分溫雅、三分閒適、三分不羈的氣質感。

「原來是這樣！我都忘記水的密度！」長髮女孩恍然大悟地拍了拍手，一臉感激地看著星空：「星空哥哥，謝謝你！」

「妳要謝的是小夜。」星空輕笑了聲。

「當然也要謝謝妳啦，沒有你們我可怎麼辦嗚嗚嗚⋯⋯」女孩狀似感動得痛哭流涕，星夜哭笑不得：「妳也太誇張了。」

「她說的是事實。」星空仍舊笑著：「綰悅和苡令要我們今天去一趟星星實驗室，走吧。」

「好哦。」星夜站起身拎起書包，對著友人道別，然後快步追上已先行踏出步伐的星空：「哥，等我一下啦！你走這麼快幹嘛？」

「抱歉，只是覺得有些累人。」星空半舉起手，表示歉意。

星夜一下就聽出星空話裡的含意：「解釋一下你就累啦？哥你體力不行哦。」

星空噙著笑不輕不重的敲了一下星夜的頭。

「哥你很小氣欸，說一下都不行！」星夜嘟著嘴嚷嚷著。

「不要隨便說我不行，這可是身為男人的底線呢。」星空揉了揉星夜的頭頂，說：「我只是覺得，對沒有效率的事情感到疲累而已。」

星夜沉默了片刻，道：「可是每個人不一樣啊。」

「但妳不覺得，如果大家的頻率都一樣會比較輕鬆嗎。」星空仰頭望著掛在天邊的夕陽，淡淡地問著。

「是比較輕鬆，但是⋯⋯如果想要頻率一樣，我們是可以調整的。」星夜握了握拳。

「為什麼呢。」

「咦？」星夜抬頭看著走在身邊的哥哥，對方的側顏彷彿被斜陽鍍上一層精緻的釉。

「為什麼是我們要調整呢？」星空直視著前方，像是在自言自語似地說著。

「因為我們有能力啊。」星夜回道。

「那如果我們有能力，是不是可以把大家都提升到像我們這樣呢？」星空側頭看向她，露出了笑容。

星夜的心尖微微顫慄。

他們是天才，為世界少數的天才，在他們的世界裡永遠只有正確解答，不會有絲毫差錯和遲疑。

他們不理解尋常人拚命取得卻失敗的痛苦，對於任何事情都像是唾手可得。

星夜謹記著星筮令的叮囑，不能將自己眼中的世界放置在他人面前，可是有的時候她得承認，她能感受到自己與其他人的差異。

倘若所有人都像他們這樣……

星夜低頭思索著，半晌，喃喃地說：「如果大家都可以很聰明，那也不是什麼壞事。」

只是，也未必是件好事。這句話，星夜並未說出口。

「小夜，」

「嗯？」

「妳說過，妳會相信我的對吧？」

「嗯，」星夜不清楚星空為什麼最近一直問她這種問題，從媽媽生日當晚到現在過了一個月，他不時問著相似的問題，感覺星空陷入了一種迷惘和質疑，需要他人肯定。

縱使不清楚真實原因，但星夜打從心底一直都是相信星空的。

星空是天才，無論他想做什麼，那都勢必成功，所以她沒有理由不相信他。

「我永遠都相信哥哥，」星夜一字一頓，擲地有聲地說：「所以也請哥哥，要好好相信自己。」

✡

當二人抵達「星星實驗室」，蘇綰悅和星�令正在實驗桌前討論著什麼。

星星實驗室是蘇綰悅和星笈令的小天地，是用譽琮鎮上的老房子所改建的。

雖然這間老房子老到都已經被鎮長視為應拆除的建築，但是在星笈令的請託下，終究還是變成了他們的實驗室。

星空在大學跳級畢業返鄉成為醫生後，得空之餘也常常跑實驗室，協助自己的父母，從踏入實驗室那天起，星空對於他們的稱呼從爸媽變成名字。

要問為什麼星空會選擇成為醫生而不是繼承父母的衣缽，據本人的回答是：因為妹妹還在讀書，醫生的薪水比較多，特別是他常常受邀去別處演講上課，收入是肉眼可見的上升。

星空的求學階段很短，他從小學起就接連跳級，原先十二年的義務教育硬是縮成六年，而大學七年的生涯被他縮成三年。

他拿到醫生執照的那年，正好是星夜即將入小學的年紀。

星空的用意很明顯，不論是跳級還是選擇作為醫生，都是想讓自己的妹妹生活不虞匱乏，僅此而已。

他把所有的愛都給了唯一的手足，即使年紀和同學相差太多、或是頻率不對無法好好溝通等緣故，導致星空沒有要好的朋友，他也不甚在意。

他所珍視的，只有他最愛的家人。

「爸、媽，我們來了。」星夜敲了敲門，把專注在自己世界的夫妻拉回現實，星笈令對兒女（特別是星夜）揚起和藹的笑容，朝著他們走來：「小夜剛下課對吧，上一整天課辛苦了齁，來來來，快來吃點點心休息一下。」

「星先生，我記得實驗室裡禁止吃東西。」星空幽幽的「提醒」星笈令，順便給了他一包杏仁酥。

杏仁酥是星笈令最喜歡的零食，每當星空來實驗室找星笈令，總會帶給他一包。

秉持著實驗室不能吃東西的原則，他總要星筊令離開實驗室才能吃掉杏仁酥。

星筊令縮了一下，隨即哈哈笑道：「哎呀星醫生，你就通融一下，我已經很久沒有看到小夜了。」

他這句話沒有是說錯，上次星夜見到父母親，已經是一個月前的事情。

不過這對星夜來說習以為常，從小到大，她的父母就常泡在實驗室，一兩個星期甚至一兩個月不回家都是有的，要說誰更像她的監護人，那一定是星空。

星空於她而言，既是哥哥，也是爸爸。

所以她才會是兄控。

「空沒關係啦，反正今天我們也不會再做實驗了，就讓你爸多多展現他沒用的父愛吧。」蘇綰悅一邊笑著一邊端了盤點心走過來，放置在實驗桌上。

「綰悅，妳居然說我的父愛沒用，這太傷心了！」星筊令雙手捧心，故作痛心地感嘆。

蘇綰悅搭住星筊令的肩膀，嘴角微微勾出一抹冷酷的笑容：「你不只是沒用的父愛，更是沒用的信用，你可別忘記我生日那天，你說好要中午要陪我一起去小鎮寺廟做生日祈福，結果放我鴿子！」

蘇綰悅女士有兩種強項，一種是生物科技兼電子技術的研究，另一種，則是記仇。

早已習慣父母之間相處的星夜坐下來開始吃餅乾，沒有注意到星筊令聽到蘇綰悅提到生日二字時，表情有一瞬間的凝固。

然而，星空注意到了。

星笈令的神情在幾秒之間就恢復正常，他雙手握著蘇絹悅的手腕，討饒地說：「好嘛絹悅，不要再生氣了嘛，我之後一定補償妳好不好？不要生氣了啦，生氣長皺紋會不好看哦。」

「不好看你就要嫌棄我了嗎？」蘇絹悅危險的瞇起眼，大有一副要剁了星笈令的架勢。

星笈令再度一縮，沒了往常在研討會上運籌帷幄呼風喚雨的氣勢：「不敢不敢，絹悅都不嫌棄我了，我怎麼敢嫌棄妳？就算夏天下雪都不可能，我……」

「笈令、絹悅，所以你們把我們找來，是要跟我們說什麼嗎？」星空淡然的嗓音打破兩人的「打情罵俏」。

星夜放下手中的點心，也跟著看向父母親。

蘇絹悅撥開星笈令的手，給了他一記「你看看你」的眼神後，走至實驗桌的另一邊，放下了投影幕，微笑道：「今天要你們來，是想要分享我們研究的成果。」

專注於蘇絹悅的幾人沒有發現星笈令的表情收起方才的嘻嘻哈哈不正經，轉為變得凝重。

「成果名稱叫做……」

那股凝重，針對於星夜。

「繁星似錦。」

第六章

晚上九點多，唐予捷和蘇啟恒坐在警察局的沙發上。

「予捷！」收到唐予捷電話的筱戀衝進警察局，一眼就看見臉色凝重的唐予捷，她上前握住唐予捷的手，關心的看著對方：「予捷，妳還好嗎？有沒有受傷？天啊，妳在電話裡跟我說的時候，我都要嚇死了……」

唐予捷勾出笑容，輕輕拍了拍她的手說：「我沒事，只是有點被嚇到而已。」

看到蛋糕裡有一根手指還有不知道是不是用血寫出來的字，任誰都會被嚇死。

唐予捷說自己「有點被嚇到」是真的「有點」而已，她沒有尖叫，沒有哭泣，沒有暈倒，只是微微愣了一下，隨後報警。整個人非常冷靜，讓人懷疑她是真的處變不驚還是反射弧太長。

「那現在呢？應該要警察好好調查這個蛋糕的來歷吧？還要調查那家咖啡店的員工才對！予捷妳一定是遇見跟蹤狂，這太可怕了！」筱戀握著唐予捷的手，情緒憤慨的嚷著。

「我剛剛也是這麼想的，但是予捷不這麼認為呢。」出聲的，是警察局裡的局長，也是唐予捷一行人所熟識的朋友，陸修岳。

為什麼會認識警察，又要把時間線拉回三年前，大一的唐予捷意外捲入一場發生在本市的命案，她用自己的聰明才智替警方尋找證據，最終順利將歹徒繩之以法。從那刻起，警方認識了唐予捷，常常在案件沒有頭緒時去請教她，一來二往也就熟稔起來。

「什麼意思？」筱戀皺著眉望向陸修岳。

「若我沒猜錯，我想予捷自己對這件事有所頭緒對吧？」一直沒有出聲的蘇啟恒悠悠地開口。

「嗯。」唐予捷點點頭：「我想我知道是誰做的。」

「妳知道？」陸修岳震驚的看著唐予捷。

「嗯，我知道。」唐予捷咬了咬下唇，抬頭看向陸修岳：「晶片的密碼破解了嗎？」

「破解了，剛剛來就是要說這件事的。」陸修岳抬手要人把晶片裡的資料秀給唐予捷等人看。電腦螢幕上，寫了一首意義不明的「新詩」。

你與我都是孤身一人
你站在命運的交鋒點上
兜轉著命運無奈的雙重缺漏
我站在選擇的岔口上
歪七扭八的橫豎橫豎橫豎中

我還是回到選擇裡的交錯
古老未亡的文明依舊戴著秩序之鑰格格前行
明暗交錯的贈禮是華麗喜劇的開幕
時間河流裡遺失的瑰麗
終會於落幕前回歸

看完最後一個字後，所有人都把視線放到始終冷靜的唐予捷。

「予捷，妳……看得懂嗎？」

筱戀遲疑地問。

唐予捷沒有回答，只是盯著電腦，電子產品的藍光照射在她美麗的臉龐上，映著她的眼眸顯得有些陰森。

她沉默了許久，最終看向蘇啟恒，說：「我想我知道了。」

蘇啟恒偏了偏頭，道：「怎麼說？」

唐予捷抿了抿唇，道：「他在邀請我。」

「邀請？」筱戀緊皺著眉。

「邀請妳回去觀賞他盛大的戲劇，是嗎？」蘇啟恒問著。

「嗯。」唐予捷點點頭，她對著陸修岳說：「陸警官，我要報案。」

「咦？」

「請針對罪犯七六五四號，發起全面通緝。」

「罪犯七六五四號？那不是……」陸修岳震驚的看著唐予捷，一時半會說不出話來。

「予捷，他不是已經死了嗎？」筱戀聽了，也跟著焦急的詢問。

在這個國家裡，所有通緝犯都會得到一串數字，不論有無捕獲。

根據制定法規的人說，這是好方便稱呼那些罪大惡極的犯罪者，因為他們不配是「人」。

當然在通緝時，還是會公布他們身為「人」應有的名字。

而罪犯七六五四號，只要是本國人民，無人不知。

那是六年前轟動全國的殺人命案，罪犯七六五四號，也在案發後兩天自殺身亡。

「對，他應該要『死』了，所以才說是時間河流遺失的瑰麗。」唐予捷輕聲地說，面容依舊冷靜的如同陶瓷人偶。

「但現在他回來了，要想抓住他，只能由我作為誘餌。」

唐予捷看著陸修岳，說：「這個世界上，『死亡』是由他人認定的，難道不是嗎？」

死亡證明、親眼目睹、撤銷身分……都是由他人的角度去判定一個人的「死亡」。

罪犯七六五四的死亡，這是事實，但是唐予捷那份淡然，竟也讓人不由自主的認定她的看法。

「為什麼？妳和他又有什麼關係？為什麼非得要妳去當誘餌呢！」筱戀不敢相信的睜大眼睛。

「那個人留給予捷晶片，我想這就是代表他們之間的關係了吧，他的目標就是予捷。」蘇啟恒拍了拍筱戀的肩膀，要她冷靜下來，然後又看向唐予捷：「所以予捷，妳想怎麼做？」

「我是誘餌，一切都請陸警官安排，另外若那隻手指檢驗出什麼，也請第一時間告訴我。」

「等一下，予捷，就算七六五四沒死好了，妳是怎麼確定留晶片給妳的人就是他？還有撇開他不談，妳真的要當誘餌嗎？我們警局裡有專業的人員……」

「陸警官。」唐予捷打斷陸修岳，一雙如墨的眼眸眨也不眨的望著他：「沒有我當誘餌，你們絕對抓不到他。」

面對這如此「狂妄自大」的話語，在場所有人皆是一愣。

但是如果說的人是唐予捷，又好像理所當然。

「至於為什麼我會這麼肯定是他，是因為最後那幾句話。」唐予捷指著電腦螢幕，低垂的眉眼透著一股眷戀和想念。

「這是我和他的約定，所以我肯定一定是他。」

「什麼約定……予捷，妳在說什麼……他和妳到底是什麼關係……」筱戀不安的看著唐予捷喃喃地問道。

此時此刻，她覺得唐予捷好陌生，即使從她們相識以來，她就從未看透過唐予捷，但都沒有像現在一樣強烈，好像……唐予捷根本不是唐予捷，而是一個陌生人一樣。

唐予捷低下頭，她知道現場所有人的目光都聚集在她身上，所有人的注意都在於她，她成功掌握了一切，她成為焦點，但那都不重要。

她看著那幾行字，輕輕地說：「他是這個世界上與我最親近的人，也是我唯一看不透的人。」

「所以，拜託你們，請答應我的要求吧。」

✡

如果要問彥瑄徽，這一生最後悔做什麼事，她一定會毫不猶豫地說出「跟網友見面」這五個字……或許得說的更仔細些，是「跟網友S見面」。

她怎麼也想不明白，為什麼事情會變成這樣？

她明明告誡過自己，凡事要小心不是嗎？

她記得她和S一起去吃壽司，期間相談甚歡，吃完飯他們到商圈附近繁華的夜市逛街，然後她記得S說要送她回家，然後……然後呢？

她怎麼一點都想不起來後來到底發生了什麼事情，就像她也不理解為什麼現在自己會在這裡一樣。

她無助的望著四周，空無一人的灰色調房間裡，只擺了一張床，潔白的床單在灰色的基調下顯得突兀且壓抑。

而她就被丟在房間裡，不知時間流逝的被禁錮著。

好冷……彥瑄徽蜷縮在地上，巨大的寂靜以及恐懼籠罩在她身上。

這裡一片死寂，什麼聲音都聽不見，她就像關在籠子裡的小鳥，被整個世界拋棄一樣。

是誰把她帶來這裡的？S？他要綁架她嗎？

可是為了什麼？

不過現在去想為什麼也於事無補，她的包包理所當然被拿走，而她全身像被抽走所有的力氣，只能攤倒在地，嘴巴和四肢被膠帶封住，什麼也不能做。

房間的門被打開，彥瑄徽勉強望過去，果然是S。

甫見到他的臉，一股被背叛的憤怒感湧上彥瑄徽的心頭，她掙扎地想要爬起身，想要用自己的天賦扳倒那個男人，然而事實上她什麼也做不了，只能無力的在地上掙動，像一條可笑的毛毛蟲。

而S看她的眼神，也像在看一條毛毛蟲一樣。

鄙視且輕蔑。

S走至彥瑄徽的身前蹲下，伸出手輕撫她的臉，溫度冷得不寒而慄。

「別那樣看我。」S輕柔地說著，語調裡有著駭人的歡快。

「妳應該要感到開心的，小徽。」S感受到彥瑄徽的顫慄，繼續說：「妳就要有全新的人生，應該要期待的。」

他在說什麼？為什麼她一個字都聽不懂？

什麼全新人生？他綁架她，難道不是因為贖金？而是要拘禁她？

彥瑄徽的腦袋昏昏沉沉，無法思考，她唯一的想法，就是害怕。

沉重的恐懼癱瘓她的身心，她甚至感受不到自己的情緒，只覺得好似有條鎖鏈禁錮全身一樣，動彈不得。

S將她抱起，把人放在那張潔白的床上，撕開黏在她臉上的膠帶。

彥瑄徽看著原先令她心動的臉，此時的想法卻只有想遠離，越遠越好。

可是她彷彿是被蜘蛛網纏住的獵物，已是囊中之物。

「妳的家人或許在找妳，不過沒關係，他們很快就會找到妳在哪裡了。」

S依舊揚著溫柔的語氣說著，他坐在床沿邊，俯視著彥瑄徽那沾著色彩的臉龐，微微皺起眉道：「從一見面的時候我就想問了，為什麼要化妝呢？我不喜歡化妝。」

說著，他從口袋裡拿出一條手帕，一手抓住彥瑄徽的臉，一手用力的擦拭掉她臉上的妝容。

粗魯的動作致使手帕大力摩擦彥瑄徽的皮膚，她痛得眼角泛淚，想推開S的手卻無法，只能任由對方蠻橫的擦掉最後一絲色彩。

S拿開手帕，望著被自己強制卸妝的臉龐片刻，露出了欣喜的笑容。

「這樣才對，這才是正確的……」S像是中邪般的喃喃自語，慘白的日光燈打在他的臉上，褪去了陽光溫柔的虛假糖衣，他看起來就像瘋子。

彥瑄徽用盡全力的想要遠離他，卻被一把抓住。

「妳別想跑。」S望著她，漆黑的眼眸閃著不祥的光。

「妳要感到開心，因為妳馬上就能變成『她』了，開心嗎？我很開心呢。」S興奮的抓住彥瑄徽的手臂，力道之大到指甲都要刺進彥瑄徽的皮膚，彥瑄徽吃疼的悶哼，對方就像沉浸在自己的世界一樣瘋癲的喃喃自語。

眼前這個人，真的是她見面的網友嗎？

好可怕，真的好可怕，誰能救救她？

她的家人能夠找到她嗎？這裡又是哪裡？

一無所知的無力感和恐懼席捲她的全身。

S注意到她眼裡的淚水，伸手輕輕拂去她的淚珠，就像他們剛見面時，他替她擦掉額頭上的汗水一樣。

彥瑄黴顫抖的閉上眼，她不知道能怎麼辦，她好想回家。

家……

彥瑄黴緊緊抓著被單，彷彿這樣做就能給她一點勇氣。

S從帶來的東西裡翻出一支針筒，將裡頭的液體打進彥瑄黴的身體。些微的刺痛傳來，緊接著是濃烈的昏沉。

「睡吧，好孩子。」S的聲音猶如從遠方傳來，在一片模糊之中，好似與彥瑄黴久遠記憶裡，媽媽在幼時哄她睡覺的聲音重疊在一起。

媽媽……她突然好想媽媽。

好想那個不太打理外貌、只為了照顧她的媽媽，那個全心全意在意她愛她的媽媽，那個只因為她愛慕虛榮和所謂的「面子」而唾棄的媽媽。

她好想回家。

第七章

筱戀剛走進唐予捷的房間裡，就被一雙充滿戾氣以及警戒的眼睛嚇了一大跳。

「予捷……？」筱戀有些卻步，她小心翼翼地喚著對方，聽到聲音的唐予捷逐漸將本能的戒心收回來，最終歸為平靜。

「抱歉。」唐予捷小聲地說。

筱戀走上前，看著唐予捷的書桌散落著一堆紙張及書籍，全都是關於破解密碼的工具。

那天在警局，他們得出了共識，那首新詩應該是某種解謎，警局的人沒有那個能耐解出來，蘇啟恒建議讓唐予捷試試看。

「如果那人和予捷的關係如此親近，也許只有予捷能夠猜出他的心思。」

於是，唐予捷攬下了這份工作，和陸修岳約定一有情報會立刻交流，而陸修岳也派了兩名員警暗地保護唐予捷。

畢竟罪犯七六五四，可是出了名的心狠手辣以及聰明，倘若真的是他，那麼唐予捷這個人，勢必得好好留意保護。

而筱戀不放心唐予捷一個人住，堅持要搬過來陪她。

「休息一下吧。」筱戀放下一盤水果，搭著唐予捷的肩膀。

「謝謝妳，筱戀。」唐予捷勾起笑容，揉了揉眉心。

「有什麼進展嗎？」筱戀在唐予捷身邊坐下，觀看桌上即使迅速卻又不失條理的字跡。

唐予捷叉了一塊蘋果放進嘴巴裡，無聲地嚼了嚼嚥下，隨後道：「如果這首詩的明文是一串數字，那我想是上面那些詩句需要以羅馬數字作為參考點。」

「因為『古老未亡的文明依舊戴著秩序之鑰格格前行』這句嗎？」筱戀問著。

「嗯，羅馬文明的確是古文明，雖然滅亡，羅馬數字直至現今仍然廣為流行，特別是很多時鐘常常用羅馬數字作為設計，所以我想，要符合古老未亡的文明以及格格前行，應該也只有羅馬數字了。這句是單獨存在，並不跟前後連接，這是很明顯的提示。其實依照這個模式走下去，要解出並不難，這也蠻符合『他』的作風。」

筱戀聞言，看著唐予捷，猶疑片刻最終仍然開口：「予捷，其實……我到現在還是很難相信妳和他之間有所關聯，我……不知道妳以前發生了什麼，我其實也明白，妳太聰明了，聰明到或許我無法跟上妳的節奏，但是我還是很想待在妳身邊，我想幫妳。」

唐予捷沉靜地回望她，沒有說話。

「所以，」筱戀握住唐予捷的手：「不要一個人背負這些，好嗎？」

一時之間，房間裡沒有人說話。

「好，我答應妳。」過了很久，唐予捷漾起笑容，柔聲地說著。

她的笑容一如她的臉龐動人，可是底下的疏遠卻又顯而易見。

✡

夜深人靜的夜晚，唯有星家的一樓仍然亮著光，猶如燈塔閃耀著如星星一般璀璨的光芒。

星筱令和蘇綰悅已經休息，經過一個月徹夜不休的瘋狂工作時間，是人都會累的。

而星空坐在餐桌前，放置在桌子上的小夜燈就是光線的來源，暖黃的色澤照映在他的臉，在無聲的環境下顯得安寧舒適，又有些高冷不可近。

「哥。」

星空聞言，回過頭望去，穿著睡衣、披散長髮的星夜揉著眼睛朝他走來。

「你睡不著嗎？」

星空沒有回答星夜的話，反而開啟另一個話題：「小夜妳是要喝水嗎？」

「嗯，有點渴，下來就看見你坐在這裡。」星夜一邊說一邊為自己和星空倒杯水，接著坐在星空的旁邊道：「哥有什麼心事嗎？」

星空沒有馬上說話，只是盯著水杯不發一語。

「我覺得，哥一直有什麼心事。」見星空不回答，星夜捧著杯子，自顧自地開口：「而且，你對自己感覺很迷惘，像是不確定自己的決定是否正確，儘管我給了你很肯定的回答，但你似乎沒有說服自己。」

星夜望著星空，說：「我和哥哥差太多歲，我沒辦法理解哥哥的世界，而哥哥又是喜歡把什麼心事都藏在心裡的人，我不會逼迫你一定要說什麼，但是我只是想要告訴你，無論如何，我都會陪在你身邊。」

星空回望著星夜清澈的眼眸，她的眼睛一直都是亮的，就像漆黑的夜空中閃爍著一顆顆明亮的星星，一如她的名字。

「小夜，謝謝妳。」星空拍了拍星夜的頭，他猶豫了片刻，隨後開口：「我的確有心事，只是……這難以啟齒。」

「難以啟齒？」星夜歪了歪頭。

「小夜，我想妳告訴我，妳對『繁星似錦』有什麼看法嗎？」

「『繁星似錦』？」星夜偏了偏頭，過長的瀏海遮住她的眼睛，她用手指捻著撥到一邊去，看來是該找時間修修頭髮了。

「我覺得這個成果如果真的成功並發表出去了，那肯定很好。」

「很好？為什麼？」星空撐著下頜道。

「因為，可以救很多深陷於星狀細胞瘤痛苦的人啊。」星夜手指繞著從臉龐垂下來的髮絲：「星狀細胞瘤是很麻煩的東西，如果能夠得到這樣的治療，那些受苦的人肯定就可以獲得改善。」

「這是很好的成果，」星夜看著星空：「哥不同意嗎？」

「沒有不同意。」星空搖搖頭，半晌又說：「或許也是不同意吧。」

「欸？」星夜有些驚訝的瞪大眼睛，殊不知她這個模樣在星空眼裡只覺得很可愛。

「為什麼不同意呢？」星夜問道，沒有指責，只是單純好奇。

「我只是……覺得……」星空抿了抿唇，道：「我先說，小夜聽了如果覺得我很糟糕，那麼我道歉。」

「不會的，我說過無論如何都會支持哥哥的。」星夜歪了歪頭：「況且每個人都會有自己的看法，不能因為不一樣就視為別人是異類。」

「這也是筱令說的嗎？」星空問道。

「不是，」星夜搖搖頭：「我只是覺得有時候人總會下意識排斥和自己，或者和大眾不同的想法，可是這沒有必要。好啦，不要扯遠了，哥你快點說。」

星空微微笑了笑，道：「我只是覺得有點厭惡。」

「厭惡？對『繁星似錦』的厭惡？」

「不是的，是對『繁星似錦』要救的人厭惡。」星空雙手交握，輕聲地說：「也許，是對於他人的厭惡。」

「哥，你還是覺得和其他人溝通，是很累的事情嗎？」星夜有些不安地問道，她沒有想到星空對於普通人的觀感已經到了會產生負面情緒的程度。

「今天在醫院裡，一個護士把去甲腎上腺素當成腎上腺素，她是資深護士，卻犯下這種錯誤；和家屬溝通時，他們永遠聽不懂醫囑，總喜歡自以為是，出問題了又來怪醫生；去演講時的觀眾提問，明明早就解釋過了，卻一而再再而三的問同樣的問題；本來翻翻資料稍微思考就能找到的答案，他們非要抓著我不放，聽不懂還指責我解釋的太深奧……小夜，我也很努力的去替他們著想，可是我越著想，別人只會越得寸進尺，得不到結果又會說是我跟他們不一樣，天才都是驕傲的。」

星夜望著星空，沒有說話。

她其實也遇見了類似的事情，因為被公認為「天才」，就好像是萬事通，所有大大小小的事情彷彿丟到她身上就能迎刃而解，然而她解決的方式又異於常人，常常幫忙完後收到「天才都是怪人」、「天才驕傲什麼」的評價。

又或者是看似自嘲自己的平凡無能，其實是暗諷她和他們不一樣。

人類是群體生物，會對異類有所戒備，當一個超乎他們能力的存在出現時，「大眾」就會率先出擊打壓，以免那個存在奪走他們的權勢。

「小夜，明明就是他們愚蠢無知，憑什麼說我們是異類呢？這些人，又憑什麼得到救贖呢？」星空仰望著天花板，輕聲地說：「那些得病的人，不也是異類嗎？為什麼他們身為『異類』，大家都想要救他們，我們身為『異類』，卻要得到大家的指責？」

「哥，」星夜伸出手，握著星空的手，眼神堅定的望著他：「我可以理解哥哥的想法。」

星空看向她，閃爍的燈光在他的臉上晦暗不明。

「我不會覺得哥哥很可怕，因為我們是人，總希望別人認可，不論是他們還是我們。我知道，和不對頻的人溝通，幫助那些人，所換得並不是全部的感謝和喜悅，但這不是全部啊。在這個世界上，誰都是修飾自己好可以放進名為『社會』的盒子，誰都不可能自由自在，因為我們有著規範。我們能做的事情，就只是依憑自己的能力去讓這個社會更加和樂而已，不管是什麼方法，消抹也好、教化也好，我們一直在做的事情不就是希望世界上的惡少一點嗎？」

星空愣了愣。

星夜輕聲地說：「哥，每個人對世界的看法都不一樣，但不管你要做什麼，我都認為你一定能把這個世界變得更加美好。」

說著，她露出燦爛的笑容：「因為星空，可是天才呢。」

昏暗的燈光下，星夜的笑容與眼眸好似載滿星辰，照亮星空心中的陰霾。

「我會一直、永遠都站在你這邊。」

星空聞言，總是籠罩淡淡陰影的臉龐終於豁然開朗。

他伸出手，輕輕摸著星夜的頭，很溫柔地說著：「小夜，如果沒有妳，這個世界對我而言根本毫無意義。」

星夜說的沒錯，他們能做的事情，就是用盡自己的能力讓這個世界上減少惡。

他能夠做到想做的。

「繁星似錦」本該只配用在他們身上。

因為他們本身，就是天上最耀眼的星光。

「我答應妳，要給妳一份瑰麗的驚喜，只屬於妳『繁星似錦』的盛世。」

第八章

午後，唐予捷坐在學開的空位上，專心閱讀手上的書籍。

大四的課本就少，她原打算上完課直接回租屋處繼續研究密碼，只是筱戀不放心她一個人行動，堅決要她等自己下課再一起回家。

「我的課只到三點，妳一定要等我一起走哦！」想起筱戀那認真誠懇的表情，唐予捷不得不答應，反正她也把書隨身攜帶，在哪裡看都一樣。

確認往羅馬數字的方向研究後，就只需要花費心思在那首詩的涵義上，幾天下來，她大概也有底了。

只是，她出於某些因素，並沒有立刻解出來。唐予捷撐著下巴，另一手在紙上快速地寫下一組自己所猜測的密碼。

「予捷。」唐予捷從書中的世界抽離，蘇啟恒於她的身邊落座。

「啟恒。」唐予捷點了點頭，當作打招呼。

「妳最近還好嗎？」他從包包裡拿出資料夾，一邊整理紙張一邊關心。

「我還好，只是有點累而已。」唐予捷把自己寫了幾組的密碼推給蘇啟恒，說：「這是我想的一些可能性，可是我猜不出這些密碼會是代表什麼意思。」

「妳是用羅馬數字下去思考的啊？」蘇啟恒撐著下頷，墨黑的雙眼掃過那幾組數字。

「嗯，我覺得『他』並沒有要跟我玩持久戰，反而希望我快點破解密碼，以免錯過他的經典好戲。」唐予捷猶豫了片刻，說：「但是有一點奇怪的事情是……他既然想快點讓我去觀看他的好戲，為什麼要選擇『現在』才留這些東西給我？照他那首詩來看，他所準備的盛大戲劇似乎已經開幕了，但我不認為只是手指和新詩那麼簡單。」

「這些？」蘇啟恒眼神一凜：「他還有留什麼東西給妳嗎？」

唐予捷咬著下唇，她猶疑片刻，最終把從潘老師那裡拿來的晶片告訴蘇啟恒。

但她沒有說出晶片裡的內容，只說她就是因為這枚晶片才如此肯定對方的身分。

蘇啟恒低頭沉吟了一番，然後問道：「予捷，在妳收到第一枚晶片之前，妳還有覺得哪邊不對勁嗎？」

哪邊不對勁？唐予捷思索了片刻，猛然想起了那場夢。

那場有著星星圖案外套的男人的夢。

「我……我從這個月起，就很常做同樣的夢。」唐予捷不確定地呢喃著。

「夢？」蘇啟恒偏了偏頭。

「嗯，那個夢有點奇怪，就是……我……」

「予捷！蘇助教！」唐予捷未竟的話被筱戀打斷，唐予捷回過頭看向匆匆朝他們跑來的女孩。筱戀氣喘吁吁的在唐予捷身邊停下來。

「呼，不好意思，讓你們，你們久等了，剛剛系學會臨時開會，耽誤了一下時間。」筱戀一邊努力平復呼吸，一邊說。

「沒事，沒有等很久。」唐予捷伸手替她拍了拍背，隨後又問道：「系學會開什麼會呀？」

「啊，這個……」筱戀聞言，倏然露出一抹神祕的笑容道：「這是祕密，不過也不是什麼大事，明天就會公布了。」

「是嗎？那我拭目以待囉。」唐予捷輕輕笑道。

「對了，你們剛剛是不是在討論什麼被我打斷了？」

唐予捷把剛剛她和蘇啟恒的對話簡單敘述了一遍。

「那個夢裡出現的時間，和我醒過來的時間一模一樣。」唐予捷有些遲疑地說著：「就感覺，好像是有人在控制我的夢一樣。」

「可是，要怎麼控制夢？夢是很虛無飄渺的東西。」

「如果說，那個夢，是某人編好的一個畫面，讓你誤以為是夢呢？」蘇啟恒提出另一個假設。

聽到這裡，另外兩人皆不寒而慄。

「不會吧……」筱戀緊緊抓住唐予捷的手，臉色有些蒼白的喃喃道：「如果是真的，那又是怎麼放進去的？」

唐予捷不語。

見兩人如此，蘇啟恒連忙緩和氣氛：「這只是個假設，或許這個夢是湊巧也說不定。」

話語剛落，蘇啟恒的口袋傳來一串清脆的手機鈴聲。

「我等等還有會要開，既然筱戀來了，那我就先離開囉，路上小心。」蘇啟恒拍了拍唐予捷的肩膀，朝著筱戀點點頭。

「再見，啟恒。」

望著蘇啟恒離去的背影，筱戀握住唐予捷的手，說：「予捷，蘇助教真的很關心妳耶。」

「嗯，我們是很好的朋友。」唐予捷輕聲地說。

「何止是好朋友，蘇助教根本喜歡妳好不好！」筱戀恨鐵不成鋼地說。

唐予捷回望她，神情特別認真地說：「不可能。」

「為什麼不可能？大家都說他一定是喜歡妳。」筱戀睜大眼睛追問。

「筱戀，妳沒聽過眾口鑠金嗎？」唐予捷失笑道：「啟恒他沒有喜歡我，我們會成為朋友是因為說話很投機，沒有別的意思。」

「可是……可是……」筱戀頓時懵了，她一直以為的事實被唐予捷四兩撥千金的方式陡然崩塌，讓她一時半會說不出話來。

「可是蘇助教也從來沒否認我們的猜想。」半晌，筱戀有些無力地辯駁。

唐予捷沒有注意到筱戀的語氣有一絲細不可察的放鬆。

唐予捷垂下眼道：「啟恒他並不想要觸碰到感情的那一塊領域，反正清者自清，他也沒必要特別解釋什麼，避免越描越黑。」

「這倒也是……但我有點好奇，他為什麼不願意觸碰到感情的領域？」最初的震驚褪去，筱戀逐漸冷靜下來，想想也是，蘇啟恒從未親口說他對唐予捷的心意，都是旁人自己的推敲。

推著推著，就好像成了真實。

「因為啟恒從很小的時候就有喜歡的人，只是那個人在五年前失蹤了。」唐予捷抵著下頷，回想起對方和她說過的話。

「失蹤?!」筱戀的眼眸睜得更大。

「嗯，啟恒喜歡的人，叫做彥瑄徽。」

✡

「瑄徽，瑄徽！」

彥瑄徽回過神，看見自己從小就認識的鄰居哥哥正撐著膝蓋，偏頭看著自己。

「啟恒哥哥……？」彥瑄徽有些茫然地看著對方，似是有些搞不清楚狀況。

「瑄徽，妳怎麼在這裡發呆啊？身體不舒服嗎？」比自己大三歲的蘇啟恒蹙著眉，關心的摸了摸她的額頭，確認溫度正常才又問道：「還是太累了？我們趕快回家休息吧？」

「啟恒哥哥，我……」彥瑄徽茫然地環顧四周，發現自己正坐在大學的教室裡，橘紅色的夕陽自窗戶灑進無人的教室，將一切染上如同楓葉般的紅。

她怎麼會在這裡？

她不是……不是應該待在那個可怕的房間裡嗎？

彥瑄徽覺得自己的腦袋一片昏沉，她摀著頭，小聲地問：「啟恒哥哥，這是哪裡？我怎麼會在這裡？」

站在她身前的青年聽到她這句話，臉色更加凝重，他道：「這裡是妳的教室啊，瑄徽妳怎麼了？」

「不對……不對，不應該是這樣的……」彥瑄徽沒有理會他，她緊閉著雙眼，想要從這過於真實的幻境掙脫。

快點醒來，這一定是假的，這全都是假的！

「瑄徽，妳怎麼了？」見她這樣，蘇啟恒更加慌張了，他蹲下身，雙手捧住彥瑄徽的臉，墨黑的眼眸滿是擔憂。

「瑄徽，冷靜點，是我，我是啟恒。」溫柔的嗓音鑽入彥瑄徽的耳裡，彥瑄徽睜開眼睛，小心翼翼地看著蘇啟恒。

「你真的是啟恒哥哥嗎……」彥瑄徽呢喃著。

「對，是我。」

聽到這裡，彥瑄徽再也忍不住，不論這到底是否為真，她都貪戀著這原先理所當然的溫暖。她俯下身，緊緊抱住蘇啟恒，對方身上的體溫讓她感受到前所未有的安心。

明明他一直都是保護、照顧她的，為什麼她從未發覺呢？

「啟恒哥哥，我好害怕……」彥瑄徽身體微微顫抖著，她閉上眼嗚咽道：「你不要離開我好不好？對不起，我以後一定都會聽你和媽媽的話，我不要再亂跑了。」

她真的，很想念她的家，很想念原先她看不上的一切。

「能夠聽見瑄徽這樣說，我很高興哦。」蘇啟恒溫柔的聲音在彥瑄徽的耳邊響起，她感受到對方輕拍她的背脊安撫她。

「我會好好的，把你的思念傳給他的。」

剎那間，蘇啟恒的聲音就像電波干擾一樣扭曲變形並出現雜音，最終變換成另一道熟悉的嗓音，於此同時，她背後的手猛地抓住她的後頸。

「！」彥瑄徽還來不及反應，就看到自己身周的場景像是電影更換背景一樣瞬間轉換，從溫暖的教室變為冰冷的房間，而她眼前的身影，也從她思念的人，變為……

S。

彥瑄徽發出一聲悲鳴，她掙扎的想要擺脫S的控制，可是當S在她的後頸注射一管東西後，她感覺身上所有的力氣頓時流失得一乾二淨。

「你到底……要怎樣才能放過我……」彥瑄徽呢喃道。

S微微一笑，沒有回答，只是拿出一支手機擺到她眼前。

手機螢幕上是其中一家新聞的直播，一名她再熟悉不過的婦人跪在地上聲淚俱下地對著鏡頭說話，中間有好幾次因為哽咽而說不出話來。

「媽媽……」彥瑄徽的眼眶發酸，喉頭一緊。

她母親卑微的向大眾哀求，請託尋找自己失蹤的女兒，由於家務繁忙而憔悴的臉因為極度悲痛而更加滄桑。

「媽媽……媽媽……」彥瑄徽伸長手臂，拚了命的想要觸碰手機螢幕裡的母親，可是觸碰到她指尖的，是冰冷的硬殼。

「媽媽！我在這裡啊！我在這裡……救救我，救救我……」說到最後，彥瑄徽泣不成聲，她的聲音哽在喉頭，最終形成呼嚕呼嚕的氣泡聲。

「即使和女兒關係僵硬，仍然在她失蹤時拚盡全力找她，甚至不惜下跪，真是令人動容。」S語帶笑意地說，他看著滿臉淚水的彥瑄徽，輕輕勾了勾嘴角，手指滑了滑，再次放到彥瑄徽的面前。

彥瑄徽睜大了猶帶淚珠的眼眸。

螢幕上依舊是她所熟悉的身影。

蘇啟恒。

「蘇啟恒是妳的鄰居對吧？他對妳也是真上心，直到昨天他還在電話裡頭和我談起這件事，說是要讓我幫忙找找呢。」

聞言，彥瑄徽的瞳孔閃過錯愕，她不可置信地看著S，幾乎是下意識地吐出句子：「你認識……啟恒哥哥？」

S理所當然地看著她：「為什麼不認識？他是我的好朋友，妳難道不知道嗎？」

彥瑄徽的大腦一片空白。

而S則繼續說道：「唉，他應該不知道，他心心念念的鄰居妹妹就在他們家附近的小屋裡呢，虧我還特定發過訊息提示他，看來他也是笨蛋呢。」

「不過，他要為妳感到開心。」S放下手機，再度拿起一根針管，拉起彥瑄徽的手臂，將不明液體注射進去。

鑽心的疼痛在剎那間席捲她的全身，宛如有人拿著燒紅的鐵筷子往她的心臟毫不留情的刺下去並大力攪動。

不只是心臟，而是皮膚所覆蓋的每一個部位。

彥瑄徽痛得雙眼暴凸，渾身發顫，身體如同煮熟的蝦子蜷縮在一起。

好痛……好痛……真的好痛。

看著彥瑄徽毫無血色的臉龐，S伸出手安撫似的摸著她的面頰，柔聲地說：「沒事的，妳只要撐一下下，就可以脫胎換骨了。」

隨著那道低沉的嗓音，彥瑄徽的耳邊……或者說腦海裡不知是誰的嗓音響了起來。

「妳知道魯珀特之淚的涵義嗎？」

那是誰的聲音？

不知道。

她只知道，她想念媽媽，還有蘇啟恒。

第九章

「聯誼？」唐予捷看著硬是把她拖來禮堂的筱戀，挑眉道：「這就是妳要請我幫的忙？」

偌大的禮堂被裝飾的可愛活潑，一群群年輕的男女一邊享用桌上的食物一邊進行活動。

從他們身上可以感覺對這場聯誼的期待和用心，相比之下，穿著白色上衣白色牛仔短褲，腰間繫著一條皮帶，外頭搭著一件格紋外套，腳套著白襪白布鞋的唐予捷，顯得相當樸素。

「我想說，予捷妳最近總是被晶片的事情煩擾，然後既然妳和蘇助教……」筱戀頓了頓，最終抓著她的手搖搖：「哎呀，予捷妳就當陪我嘛～」

唐予捷有些為難的瞥了眼外頭如同影子的兩道人影，低聲地說：「妳要讓我把那兩名員警放在外面那麼久嗎？」

自從被陸警官指派要保護唐予捷的任務後，那兩名員警是二十四小時輪流跟在她身後暗地保護她。

「他們也可以進來啦～這場聯誼現場報名也是可以的，我是主辦方，可以幫他們混進來。」

筱戀依然抓著唐予捷，可憐兮兮地說：「予捷，妳就當陪陪我嘛，好不好。」

唐予捷嘆了一口氣，參加聯誼對她來說不痛不癢，就當放鬆心情吧。

畢竟她也不知道這種和平的日子能持續到什麼時候。

「好吧，我陪妳。」唐予捷思量許久，最終點頭應允。

「耶！予捷妳最好了！那我先去幫他們。」筱戀開心的抱了一下唐予捷，隨即一溜煙的跑出禮堂外處理事情，留唐予捷一個人在原地。

不久，她就成為現場的焦點。

唐予捷在校園裡相當有名，無論是好的評價還是壞的批評，總而言之，每個人對她都有著不同的意見。

「欸欸欸，是唐予捷欸，她怎麼會來聯誼？她不是有男朋友嘛？」

「你剛沒聽到筱戀說的嗎？是陪她來的。」

「呵，有男朋友還跑來這裡，果然漂亮的沒一個好東西。」

「說不定人家私下玩得很開呢，哈哈。」

「啊，她真的好漂亮。」

四周的竊竊私語不停地鑽進唐予捷的耳裡，她皺起眉，並不想理會那些流言蜚語，可是密密麻麻的聲音依舊不管不顧的在她耳邊流竄著。

好吵，吵死人了。

唐予捷撫著額頭，心想著筱戀什麼時候能夠回來。

「予捷。」倏然，一道溫文的嗓音如同利劍一般，劃破那些吵雜的聲音，穿入她的心中。

唐予捷抬起頭，蘇啟恒的面容映入她的眼簾。

「啟恒？你怎麼來了？」電機系的助教出現在聯誼場面上，還真有趣。

「筱戀剛剛打電話給我，說是怕妳在聯誼上被不喜歡的人騷擾，要我來陪妳。」

「呃，不用啦，我沒事的。」唐予捷有些尷尬地說：「她好像把我們湊在一起了，我昨天有跟她說清楚，但……抱歉。」

蘇啟恒露出理解的笑容：「沒事，我不介意，和妳待在一起很舒服，如果妳願意，今天就先讓我陪陪妳吧，筱戀是主辦方，她肯定很忙的。」

「嗯。」唐予捷點點頭：「自從晶片事件後……不對，應該是從高中的時候，筱戀就一直陪著我，現在換我陪陪她了。」

「妳要去那裡坐嗎？」蘇啟恒指了指一邊的位置，唐予捷點點頭。

兩人拿了幾片披薩和飲料坐在椅子上，蘇啟恒溫聲地問道：「予捷，那密碼的事情，妳有頭緒了嗎？」

「我試了幾組，感覺都不太對。」唐予捷抵著下頷，說：「不過除了密碼，還有一件事也讓我有點不安。」

「怎麼說？」

「上次我不是問你，既然他看起來早就準備好盛大戲劇，也不想要讓我拖太久，為什麼……他沒有繼續留給我更多相關的資料？」唐予捷喃喃地說：「我所認識的他……是非常講求效率的，我到現在還沒解出密碼，他不可能按捺得住。」

「予捷妳不解出密碼，也是想要釣出他更多行動的意思是嗎？」蘇啟恒喝了口可樂，問。

唐予捷瞥了眼進到禮堂的員警，小聲道：「不能讓他們知道哦。」

「明白。」蘇啟恒點點頭：「但現在看起來，他沒有下一步動作。」

「我感覺，他並不是沒有下一步動作，他想要對我展示的東西不只是解出密碼後的那場『戲劇』，如果……你的假設是真的，那就代表他對我的控制……是在我不知不覺的時候侵入。」唐予捷把臉埋入雙手中，用電捲棒捲成的長鬈髮垂了下來，遮蔽她白皙美麗的臉龐：「說實在的，我不想要變成那樣的走向。」

如果是這樣，她就澈底被人控制了啊。

昨天她沒有繼續夢的話題，多半也有逃避的意味存在。

「予捷，我想問，妳有頭緒罪犯七六五四號要對妳展示什麼嗎？」蘇啟恒問道。

唐予捷搖搖頭：「我沒有。」就是因為沒有想法，所以她很難去思考。

「這樣啊……那眼下，還是只能先解開密碼了。」蘇啟恒嘆了一口氣：「我們也沒辦法確保他什麼時候還會再做什麼事情，目前幾次都對妳沒有危險性，下次就不好說了。」

「嗯，時間也夠久了。」唐予捷從包裡拿出紙張，攤在兩人之間：「我現在的想法是，這首新詩的前半段是在描述羅馬數字的外型，不過並不清楚密碼有多少數字，密碼從三位數到六位數都有，若是單純幾個數字並排在一起，這些提示未免也太多了。」

她一邊說，一邊圈起新詩的幾個詞：「而且，這裡有一個有趣的提示，兜轉。」

「兜轉的意思是繞回來，在所有個位數的羅馬數字裡，沒有一個是封閉圖形，所以我想這串密碼，不是以一個一個數字單獨拆開分解，而是以一個數作為整體。」

「如果是以數做整體，那這樣很麻煩呢。」蘇啟恒說道：「羅馬數字並不是對應每一個數，還必須相加。」

「若是以數作為解法，『他』又是講求效率的人，絕不會浪費空間抒情，所以我覺得他的每一個字句，都是解密的相關提示。」

「孤身一人、命運的交鋒、兜轉、雙重缺漏、選擇的岔口、歪七扭八的橫豎橫豎橫豎中、我還是回到選擇裡的交錯。」

唐予捷飛快的圈了幾個詞，說：「孤身一人，對應英文第一人稱I，命運的交鋒，交鋒點為兩頭觸碰，按照這樣……」唐予捷邊說，邊畫出了兩條交於一點的圖形——V。

「符合兜轉的羅馬數字應該是D，雙重缺漏，若以兜轉的封閉圖形前提下，缺漏是在其開出缺口，」唐予捷又寫了一個D，然後畫了兩筆作為代表，「岔口和交鋒呈現出來的畫面有所角度的轉折，還有後面的交錯，可是交錯是指在中間相交，與交鋒在頂點相交是不一樣的，如果交鋒是V的話，那麼……」唐予捷小聲念著，以一一對應羅馬數字，然後迅速寫下——

IV　DCCLXXXIX

「四千七百八十九……四七八九？」蘇啟恒看向唐予捷，問：「這組數字，對妳來說有什麼意義嗎？」

唐予捷輕輕咬著下唇，不發一語。

蘇啟恒原想繼續詢問，眼角餘光瞥見一個戴眼鏡的男生朝他們走近，便吞下了問話。

「那個……妳是唐予捷嗎？」

唐予捷望向對方，她對這張臉沒有印象，應該是外系的學生，而且……電機系的學生應該沒有人不認識大四學姊唐予捷。

「我是，怎麼了嗎？」唐予捷站起身輕聲地詢問。

眼前的男生沒有接話，而是直愣愣的看著她。

「同學？」唐予捷偏了偏頭，語氣摻了疑惑。

聯誼本就是一對一的交流，並沒有中央，所以發生在小角落的事情自然不會有人關注。

但是當事人中有唐予捷。

暗中保護她的兩名員警自然把所有注意力放在她身上，外加聯誼會當中有些人的視線也時不時飄到她身上。

聯誼用的背景音樂依舊歡快的迴盪著，那個男生像當機一樣的愣在原地，眼睛眨也不眨地盯著她。

唐予捷蹙起眉，她伸出手想要觸碰對方，卻被蘇啟恒一把抓住。

「啟恒？」

「別碰他，他不對勁。」

與此同時，男生就像被按下開關的機器一樣，毫無感情的開口：「Stars never fall.」

「什麼？」唐予捷偏了偏頭，她想要靠近對方一步，卻看見男生猛的往後退一步，朝著她大吼：「Stars never fall!」

他的聲音壓過禮堂裡所有的人聲，頓時間，現場一片安靜，所有人的焦點都在他身上。

「予捷！」察覺到不對勁的筱戀和兩名員警第一時間趕到唐予捷身邊。

「我沒事。」唐予捷擺擺手讓他們放心，又把注意力放到眼前的人身上。

「Stars never fall! Stars never fall!」那個男生發了瘋似地大吼，他面向不同的方向不斷重複著這句話，像是要宣揚什麼理念似的，嚇得其他人往後退了好幾步。

那個男生仍是不間斷重複著，他的臉因為缺氧脹紅，眼球充滿血絲，儘管聲音沙啞也沒停下。

「同學，同學你冷靜點，同學！」負責管理禮堂的學生上前想要抓住男生，但被對方一把揮開。

「Stars never fall! Stars never fall! 哈哈哈哈哈！Stars never fall! Stars never fall! 」那個男生一會大笑一會大吼，就像失去理智一樣。

他瘋魔地笑著，笑到眼淚都流了出來，並且不斷地轉著圈子。

保護唐予捷的兩名員警拍拍唐予捷的肩膀，要她退後，然而這個舉動像是刺激到男生一樣。

他的身影像影子般飛快的掠出，在眾人驚恐的抽氣聲下，「唰」一聲撲倒其中擋在唐予捷面前的員警。

「林警官！」筱戀驚叫道，被男生撞倒並掐住脖子的林警官抬手要她不要接近，然後想盡辦法掙脫對方的桎梏。

一個訓練有素的警察居然被一個普通大學生壓制，這怎麼看都會覺得有問題。

「她是我的！你要帶她去哪裡！我不准你帶走她！不准不准！我不准！」男生一邊掐住林警官的脖子一邊失控地大吼。

現場有人被這種驚悚的畫面嚇到哭出來，恐懼在人群中蔓延出去，禮堂開始出現騷亂，有人想要往禮堂外逃竄，有人則拿出手機，想將這段奇聞軼事拍下來放到網路上。

反正受害的又不是自己，看熱鬧不嫌事大。

「你們幾個人，帶著予捷先出去！」另一名吳警官一邊指揮其他同學離開禮堂，一邊對著蘇啟恒和筱戀喊道。

「不准走！」男生的臉猙獰扭曲，趁他分神的瞬間，林警官用力一踹，將他反壓在地：「不准動！」

被控制在地的男生不斷的掙扎，他大吼大叫著，雙手的指甲刺進林警官的手臂，逼迫他鬆開。即使手被指甲抓出血痕來，林警官也沒有鬆手。

筱戀和蘇啟恒帶著唐予捷想要離開禮堂，卻被不聽從吳警官指揮、因為慌張和害怕擾亂心的人潮堵住。

這還不是更糟糕的，那些只顧拿著手機拍，不願意放棄各種八卦的人一看到唐予捷就衝上來，團團包圍住她，七嘴八舌地追問。

「唐予捷妳和那個男生認識嗎？」

「他在講什麼妳知道嗎？」

「那個男生好像是文學院的耶！」

「啊！他不是杜承亨嗎！」

「妳認識他嗎！你們有什麼過節嗎！」

……

好吵。

唐予捷呆愣愣地看著不斷對到眼前的手機螢幕，覺得頭好痛。

他們到底要不要讓她出去？

明明只要她出去，一切都好辦，這些人為什麼不讓她出去？

難道生命安全會比這些無關緊要的八卦還不重要嗎？

啊……因為身陷危險的不是他們。

「你們讓開！」

「同學不要再拍攝了，快點出禮堂！」

「回答一下嘛！」

筱戀的聲音、吳警官的聲音、同學的聲音，好像都被封在很遠很遠的地方。

時間不可能暫停，它可是很殘忍的。

那個男生大吼了一聲，睚眥盡裂地甩開林警官的手，眼看就要衝向唐予捷。

林警官應該要動用武力的，但是他想到對方是一個手無寸鐵的學生，所以選擇徒手攔住。

然而，誰都沒想到，杜承亭顯然被這個一再阻攔他的警察激怒，他回過身從口袋抽出一抹冷光，往眼前之人的喉嚨毫不留情地刺下去。

一瞬間，禮堂再度安靜了。

率先反應過來的，是吳警官。

他掏出腰間的手槍，毫不遲疑地朝杜承亭的腳開槍。

「砰」一聲巨響，打斷了凝滯。

禮堂爆出了尖叫聲，所有的人接往禮堂的出口塞過去。

「啊啊啊啊啊！」

「出人命了啊！」

「林警官！」

「曜煇！」

有人往外跑，也有人往林警官的方向跑。

那個警察倒在地上，身體不斷抽搐，插在他喉間的，是一枝鋼筆。

四處流竄的人群中，唯有唐予捷佇立在原地。

她看著眼前這一片混亂的場景，腦海不斷重複著杜承亭的話。

Stars never fall.

原來那個人的盛大好戲，早就開始了。

第十章

當筱戀走進唐予捷的房間，發現唐予捷趴在桌上睡著了，她的眼下有著淡淡的黑眼圈，蒼白的臉色顯示最近的憔悴。

現在是晚上十一點半，再過半小時，就是聯誼後的第八天，也是林曜煇和杜承亭的頭七後一天。

七天前的聯誼是在杜承亭和林曜煇被救護車送往醫院的情況下硬生生結束。

收到消息的陸警官第一時間趕到學校，確認唐予捷的安危，然後負責疏散安撫受到驚嚇的學生，還得想辦法壓制在網路上流竄的影片，避免引起大眾關注。

畢竟這件奇怪的事情，很顯然就是晶片事件後，再度針對唐予捷的「贈禮」。

他們並不想要讓罪犯七六五四再度出現在大眾眼裡。

好不容易處理完一切，一干人等趕去醫院時，便收到了林曜煇警官殉職的消息，以及杜承亭第二次失心瘋，隨後扭斷自己的脖子。

「杜姓病患在送來時一直喊著Stars never fall這句話以及『唐予捷』，無論怎麼制止都沒用，他那個樣子，看起來是失去理智，然後又趁醫護人員不注意時自我了結。」醫生是這麼告訴他們的，他行醫多年，第一次遇到這麼離奇的病患。

待醫生離去後，就是收到消息傷心欲絕的家屬匆匆趕來。

杜承亭的母親顯然無法接受自己的兒子居然就這樣沒了，她哭得肝腸寸斷，不斷地喊著杜承亭的名字，然而就在陸警官向他的母親慰問並委婉建議屍檢，他母親的心情從悲傷變為憤怒。

「我兒子已經死了，是自殺的！為什麼還要驗屍！你是想要讓他不得安寧嗎！」

「劉女士，貴公子雖然是自殺身亡，但他去世之前的行為並不太對勁，基於種種原因，還是希望您考慮一下……」

「能有什麼原因？我兒子最近總是睡不好覺，又一直喊著唐予捷這個名字，這不是很明顯嗎！全都是唐予捷搞的事，那個唐予捷不是他們學校的高材生嗎！你為什麼不去問唐予捷對我兒子做了什麼，反而要讓承亭不得安息！」

杜承亭母親的眼眸帶著怒火與憤恨，而在她看見那名始終一言不發並且被人護在後頭的女孩，眼裡的情緒頓時像澆了油的火，燃起更盛大的火焰。

她咬著牙一個箭步衝上前，拽住唐予捷的衣領。

「就是妳吧？唐予捷，妳對我兒子到底做了什麼！妳用什麼蠱惑他的心讓他變成這樣！妳這個不要臉的狐狸精！把我兒子還來！把我的兒子還來……」說到最後，杜承亭的母親從一開始的激烈大吼、猛力搖晃唐予捷，逐漸變成無力的嗚咽，最後緩緩跪了下來：「把我的兒子還來……」

一時之間，醫院的走廊上瀰漫著死寂。

「陸警官。」打破死寂的，是一道冷澈的聲音。

眾人聞聲望過去，一名臉上透著哀傷，可是神情卻是冷靜的少婦緩緩走過來。

她是林曜煇的妻子，李瑞希。

「李女士。」陸警官連忙迎上去，可是他卻不知道該說什麼。

林曜煇很年輕，也是一個善良富有正義的好人，他本該大有前途的，卻莫名葬送在一支鋼筆上。

「我都知道了。」李瑞希依舊平靜地說：「接下來的事情，都依憑陸警官的安排，我悉聽尊便。」

說著，李瑞希走向前，溫柔的扶起劉女士。

興許是因為她們都是遺屬，能夠理解對方此時悲痛的心情，李瑞希溫柔的對悲傷的母親說：「您應該不希望您的兒子不明不白的去世吧？就算真如您那樣說，您難道不想知道那又是如何達成的嗎？」

劉女士愣愣地看著對方，眼淚再度從眼眶流下。

「答應驗屍吧，劉女士，知道您兒子真正去世的原因，才能夠讓他真正安息。」

劉女士的眼淚越流越多，最後她猛地抱住李瑞希，伏在她的肩頭痛哭流涕。

從那天起的一個禮拜，警察局一片忙碌，要安置家屬，要聯絡法醫，要通知學校安排心理諮商師輔導當日現場的同學並且要求保密，還要向上級報告，慶幸的是，這件發生在學校的聯誼事件消息並未擴散出去，省得面對媒體追問。

這樣一忙碌下來，蛋糕裡的手指檢驗自然也要緩一緩。

杜承亭的驗屍結果很快就出來了，除了在腸道發現一枚新型晶片，其餘一切正常。

那枚晶片的型號在市面上找不到，也沒有任何資料，根據專業學者的判定，這枚晶片能夠與人體毫無副作用的連結在一起，不過為了適應人體的環境，會有三至四個月的潛伏期。

至於晶片裡的內容，由於有未看過的程式密碼，因此交予唐予捷。

而唐予捷一眼就看出，那組程式和她第一枚收到的晶片密碼一模一樣。

唐予捷一輸入解開的密碼，晶片裡的內容便讓她冷汗直流。

電腦螢幕上的背景有著無數雜七雜八不同強烈色彩的線，給人的視覺效果相當衝擊且不適。

而在這之中，唐予捷的臉龐和電腦外的她面面相覷，旁邊附上那句像是教條的句子。

電腦裡的螢幕，還出現了一句：

唐予捷面臨危險，除了自己，其他接近她的人都是壞人。

唐予捷坐在電腦桌前，望著螢幕發呆。

根據劉女士所言，杜承亭在三個月前的第二個禮拜六開始做相同的夢，夢中最有印象的畫面就是「唐予捷」對他喊著那句話。

在唐予捷的研究下，發現這種新型晶片的功能是除了能夠事先灌輸資訊之外，潛伏期過後還可以遠端操控，讓被植入晶片的人做出操縱者想要的指令。

操控者很賊，在晶片離開杜承亭的身體後，就與遠端電腦斷線，不讓人察覺其存在。

杜承亭在聯誼現場時，操控者讓他的意識陷入了混亂，使他無法分辨現實與夢境，所以才會做出那些事情。

而最後的自殺，是杜承亭自己認為「杜承亭」會害到唐予捷，因而進行抹消。

這是一個非常可怕的東西，若散播出去，那世界將會陷入恐慌和大亂。

為了避免這種慘況，唐予捷試著想要找出有沒有類似的晶片流於社會上。

不過幸好，這枚晶片有一項功能是可以感應它的同類。

最終查出的結果，這枚晶片唯一同類的所在處，就在唐予捷的體內。

唐予捷對這個結果不感到意外，只覺得鬆口氣，幸好現在．至少現在，沒有更多無辜的人受到傷害。

如果晶片植入後就開始作夢，那大概是一個月前的第三個禮拜天被植入的。

唐予捷翻開手機的日曆，查詢三個月前第二個禮拜六和一個月前的第三個禮拜天是幾號。

縱使她心裡已有底，但當她真正看見日期時，她的心依舊墜到谷底。

杜承亭作夢的那一天，是她的生日。

那人的好戲，選擇在她的生日當天拉開序幕。

唐予捷放下手機，將整個人重重放倒在椅背上。

到現在，她反而不擔心自己。

雖然很明顯自己也被植入那種晶片，但是她很肯定自己絕不會有什麼危險。

然而就是這樣的「偏袒」，害得兩個人死於非命。

她和罪犯七六五四號一樣，都是殺人兇手。

林曜煇的頭七，也是告別式的當天，李瑞希曾經找過她。

「我知道曜煇是因為保護妳而殉職的，我也知道妳被捲入了什麼事情。」李瑞希依舊平靜地說著：「妳別緊張，我沒有要責怪妳的意思，曜煇的工作我本就清楚有危險性，只是沒有想到來得這麼快。」

「我只是想問，既然妳這麼聰明，為什麼直到你們學校聯誼的那天，妳才解出密碼？」

面對這個問題，唐予捷回答不出來。

如果她早點解出密碼，他們或許就不會去聯誼，也不會遇見杜承亭，林曜煇也不會殉職。

是她的錯。

是啊，這一切不都是因為她？

是她，害死了那兩個人，是她，害得筱戀籌辦的聯誼變得一團糟。

都是她。

陸警官建議她先辦休學，暫時不要到學校去，畢竟罪犯七六五四號開始將魔爪神不知鬼不覺伸向唐予捷身邊的環境，為了自己也為了他人的安全，暫時休學是最佳保護。

唐予捷去學校辦休學時，對聯誼事件不知情的教授對她半開玩笑地說：「予捷不管有沒有休學應該都沒關係吧？畢竟妳都已經有工作了。」

唐予捷輕輕笑了笑，沒有說話。

上學，是她為數不多的放鬆時刻。

如今，她連享受這種時刻的權利都被剝奪了。

處理好事情後，唐予捷和筱戀回到住處。
唐予捷一句話都沒說，只是站在房間裡的窗戶前，靜默地望著窗外。
住處外，吳警官依舊站在路燈下守著她，其餘便衣警察則在附近巡邏。
經過聯誼事件，保護她的員警數量增多了。
下雨了。
唐予捷靜默地看著路上行人紛紛拿起傘，或者找地方避雨，帶著雨幕的濾鏡，一切彷彿都有了詩意。
這時，筱戀敲了敲她的房門：「予捷，我進來囉？」
唐予捷仍然站在窗前，一動也不動。
筱戀把切好的水果放在桌上，小心地問著：「予捷……妳已經三天沒有吃飯了，要不要吃點水果？」
唐予捷沒有回答。
外頭的雨從綿綿細雨變為傾盆大雨，打在租屋處的窗戶上，形成一道道水痕滑下。
而唐予捷照映在窗戶上的倒影，和雨絲重疊在一起，宛如成了臉上的淚痕。
人們都說雨是上天的眼淚，但筱戀覺得，這場雨其實是唐予捷心中的感情。
雖然唐予捷總是冷冷淡淡的，感覺對誰都沒有真的放心上，但是筱戀認為她其實是很溫柔的女孩。

因為太溫柔，加上她是真的與眾不同，為了避免他人受到傷害，她才選擇疏離。

普通人和天才建立關係，是普通人要付出更多。

他們必須更努力，才能追上對方的腳步。

「予捷，我先去煮晚餐囉，妳如果餓了就出來吃飯吧。」筱戀說完後，便安靜地退出唐予捷的房間，留給對方獨處的空間。

時間拉到十一點半，筱戀輕輕替唐予捷蓋上外套，然後關掉房間的燈。

人心受創，總是需要時間修補的。

第十一章

星空撐著頭，靜靜看著接受火苗熔化的玻璃。

「喀」一聲，星星實驗室的門被打開了。

「嗯？空你在裡面啊？」蘇綰悅有些意外地看著自家兒子正坐在實驗桌前做實驗。

「綰悅。」聽見聲音的星空撐起身體，朝著媽媽打了個招呼。

「今天不用值班嗎？」蘇綰悅坐到星空身邊，跟著他一起看著正在熔化的玻璃。

「這個小鎮上，不是每天都會有人被開膛剖腹送進醫院的。」星空的眼眸映著藍色的火焰，顯得有些幽深。

「也是。」蘇綰悅看著被熔掉的玻璃因重力落入冰水中，結成猶如蝌蚪的形狀。

「怎麼會想要做魯珀特之淚？」蘇綰悅問道。

「小夜的自然作業，說是要在期末交出一份應用成果，她選魯珀特之淚，可是想不出還有什麼可以應用的。所以我想也來做做看，看能不能幫她想一想。」星空小心地拿出玻璃，放到器皿上。

「你對小夜真的很好呢。」蘇綰悅淺笑道。

「她是我的妹妹啊。」星空理所當然地說。

「不是這樣的。」蘇綰悅搖搖頭：「你對她的好，已經超出家人的範疇了。」

星空看著蘇綰悅，眼前的女子說道：「當初，應你的要求讓你跳級，現在想想，反而是不好的事情。」

「為什麼不好？」星空不解。

「跳級生所面臨的並不是課業上的困難，而是人際上的交涉，你身邊沒有同齡朋友，除了家人，你沒有一個可以傾訴的對象。」

「我不需要。」星空搖搖頭。

蘇綰悅伸手拍了拍星空的肩膀：「怎麼可能不需要？人類是害怕孤單的，所以總是想要成群結隊，你身邊的人只有家人是不夠的。」

「可是綰悅，和其他人溝通真的是件很累的事情。」星空淡淡地說：「既然交際那麼麻煩，為什麼還要去做？為什麼就不能待在自己的生活裡？」

「空，不是每件事情都像做實驗、都像數理、都像考題，有些事情或是感情，是需要一點一滴的努力經營和堆砌，如果凡事都講求效率，那你最後只會變成機器人，變得冷血無情。」

蘇綰悅輕聲地說：「你覺得和他人溝通相處很累，那其他人也是這麼想的啊？每個人都不一樣，不是只有你不一樣。人和人之間建立起的聯繫與關係，都是雙方要一起付出，你不付出，怎麼會有回報呢？」

星空沉默了片刻，最終道：「綰悅，那如果大家都能夠頻率對等，溝通就可以順利，交際也不會這麼累了對吧？」

「可是不可能每個人都在對等的頻率上啊。」蘇綰悅說道。

「那如果我可以做到呢？」星空望著母親，墨黑的眼瞳直直地望著蘇綰悅：「小夜跟我說過，我們都是盡自己最大的努力讓這個世界上減少一點惡，我們星家，是大家所認為的天才，如果我用自己的方法，讓所有人『提升』到一樣的層次，那這個世界上，就會少很多因為愚蠢無知而犯下的錯誤，而我們也可以正常順利的溝通了，對吧？」

蘇綰悅微微蹙起眉，她有些不確定的問：「空，你知道你剛剛在說什麼嗎？」

「叮鈴鈴」清脆的手機鈴聲截斷兩人的對話，星空從口袋裡拿出手機，示意自己去接個電話，看來是醫院打給他的。

外科主任醫師跑不見，這醫院也真是心大。

但對象是星空，不得不妥協。

蘇綰悅望著兒子的背影，腦袋裡不斷盤旋方才的對話。

星空是認真在說那些話嗎？

對於這個兒子，蘇綰悅有著濃厚的愧疚，一部分的原因是她和星筊令早先時候先是做細胞再生的相關研究、之後又常常到各處演講發表，甚至長年不在國內，等他們好不容易能夠暫時歇息陪伴孩子時，星空已經成長了獨當一面的大人，並且日後擔起照顧妹妹的職責。

他們終究還是錯過了星空的成長。

而另一部分，簡單來說就是他們錯過對星空一開始的愛。

基於一些不可告人的過往，他們對星夜更加疼愛，不僅單純因為星夜是他們的孩子，還有某種彌補心態。

再加上他們的名氣已經大到不需跑遍四處也能夠站在專業領域的頂尖之處，在星夜出生前他們在這裡建立實驗室，一邊陪伴星夜，一邊好好修復早年棄之不顧的身體健康。

看見兄妹倆融洽相處，蘇綰悅是感到欣慰的，但她總覺得星空的心很冷。

他裝不下其他人，他的眼裡只有家人，更正確來說，只容得下星夜。

而偏偏星夜也不是普通人，她比他的哥哥更聰明，兩人之間有屬於他們自己的溝通頻率，長時間這樣下來，是否會讓星空的價值觀有些偏激？

蘇綰悅還在思考時，換她的手機震動起來。

她掏出手機查看，是星夜打電話來。

這個時間點，應該是在上課，這小孩不好好上課打電話給她幹嘛？

蘇綰悅一邊想著一邊接起電話。

「小夜，不好好上課打給我幹嘛呀？」雖是這樣說，但蘇綰悅的口氣是輕鬆有趣的，半點沒有責備。

「媽媽，哥今天有沒有去實驗室呀？」星夜沒有回答，反而朝蘇綰悅問起另一個問題。

「實驗室？有啊，他現在在跟醫院打電話，怎麼了嗎？」

這個孩子。蘇綰悅一邊在心裡碎念，一邊問道。

「哥今天說要去實驗室做實驗，要幫我想想有沒有靈感，我剛剛原本想要打電話給他，但是打不通。」

「嗯嗯，他剛剛做完了，但應該還沒什麼想法，怎麼了嗎？」

「那幫我跟哥說，我想到囉~」星夜的聲音注入了得意。

「妳想到什麼呀？」蘇綰悅好奇的問。

「媽媽妳們之前不是想要發表『繁星似錦』嗎？我想到怎麼加上魯珀特之淚的應用囉！」

電話另一頭，星夜的聲音悠悠地傳來，夾雜著無法掩飾的愉悅。

天才星夜，沒有什麼是能難倒她的。

第十二章

星狀細胞瘤，是從星形膠質細胞發展來的腦腫瘤。

這種細胞瘤分為低度的毛狀星細胞瘤和星細胞瘤，屬於生長相對較緩慢並且被認為良性種類，只是也有機率成長為惡性腫瘤；以及高度的分化不良星細胞瘤和多形性神經膠質母細胞瘤，這兩種都屬於惡性腫瘤，很容易入侵其他組織。

約莫一半患有星形細胞瘤都是多形性神經膠質母細胞瘤，縱使可能用一種治療手段讓其一種細胞死亡，然而其他細胞還是能繼續繁殖，因此相當棘手。

蘇綰悅和星筑令的「繁星似錦」就是為治療此細胞瘤想出的手法。

他們利用細胞裡的粒線體作為研究出發點，粒線體又被暱稱為細胞的發電廠，負責產生細胞所需的能量，並且參與細胞分化、傳遞資訊以及細胞凋亡等過程。

「繁星似錦」簡單來說，就是製造一種酶，只對星形細胞瘤產生作用，誘騙它們的「粒線體」自主進行細胞自殺。

「所以這個計畫有LOGO嗎？還是需要我幫你們設計？六角星如何？」當天聽完兩人的發表

後，星空不鹹不淡的問了無關緊要的話。

不過，沒人覺得意外，星空本就很常一本正經亂說話。

「這個計畫聽起來是行得通，暫且也沒什麼太大缺陷，但是，會不會在巨噬細胞吞噬殘餘物的時候生變呢？」星夜舉起手，相當認真地說。

「細胞凋亡的殘餘物，真的可以完全不再有威脅性嗎？」

「小夜，妳想說什麼？」星筃令問道。

「如果可以控制細胞凋亡的樣子，確保它絕對不再有東山再起的趨勢，是否會更加完善點？」星夜道：「你們應該已經製造出那樣的酶吧?目前的實驗都還算順利嗎？」

「目前是算順利，但妳提出的問題也還在研究中。」星筃令說道：「不過現在尚未想出怎麼控制細胞凋亡後的狀態。」

回憶結束。

「妳說讓星狀細胞瘤變成魯珀特之淚？」蘇綰悅有一瞬間懷疑自己的女兒頭殼哪裡出問題。

「對啊!利用『滲透效應』讓細胞裡的壓力不平衡，破壞壓應力，利用拉應力把細胞完全粉碎，碎成不成樣的細胞殘餘物，既不會損害其它細胞，不會造成負擔，而且應該更萬無一失的被吞噬吧？」星夜的聲音依舊亢奮。

蘇綰悅偏頭思考了片刻，道：「這我們倒是沒想過，我會跟筃令討論的，妳還是先回去好好上課吧。」

「欸？可是現在老師教的我都已經會了啊，再聽一次很無聊，而且我是有經過老師的允許才打電話的哦。」

聞言，蘇綰悅微微一愣。

因為蘇綰悅的堅持，星夜並未跳級，如此下來，她交到很多同齡朋友，可是有時候蘇綰悅會懷疑，讓星夜待在同年齡的環境之間是否會讓她感到乏味。

「好啦，妳就當聽演講，等妳回來，我做蛋糕獎勵妳好不好？」蘇綰悅按下心裡的猶疑，對女兒安撫著。

「好哦，媽媽答應我囉！」

蘇綰悅剛掛掉電話，星空也恰巧講完回來。

「小夜打來的？」星空問道。

「嗯。」蘇綰悅點點頭。

剎那間，整間實驗室充斥著一種如針一般尖銳不適的壓迫氣氛。

還未釐清原因，那種不適便消失了。

但蘇綰悅肯定的是，剛剛的壓迫來自於眼前的兒子星空。

「她跟妳說了什麼啊？」

「有關『繁星似錦』的一些建議，雖然沒想過，但我認為可以試試。」蘇縮悅指了指桌上的魯珀特之淚：「她剛剛想到應用方式了，雖然還不知道能不能順利做成，但不失為一個方法。」

「是嗎？」星空露出了笑容：「小夜真聰明呢。」

「是啊，我為她感到驕傲。」蘇縮悅應和道。

「我等一下要去醫院一趟，說是住院患者發生緊急狀況。」星空淡淡地說著：「可能又是哪一個資深護士把去甲腎上腺素當成腎上腺素吧？」

蘇縮悅再度皺起眉，她自然也聽過星空向她提起這件事，但不知為何，她覺得星空很不對勁。

「那麼，我先走囉，縮悅。」星空捏起魯珀特之淚，隨意的向蘇縮悅揮了揮手。

「空。」蘇縮悅喚住了兒子。

星空回過頭，陽光被他的背影擋住，形成了強烈背光。

「你剛剛說的那些話，是真的嗎？」蘇縮悅盯著星空：「說要讓所有人變成同一種頻率，就會減少許多惡的那番話，是認真的嗎？」

星空看著她片刻，良久笑了笑道：「是認真的啊，因為小夜說她會無條件支持我想做的事情。」

「縮悅，妳也會支持我的，對吧？」

星空雙指一捏，魯珀特之淚應聲碎裂。

✡

星夜掛掉電話後，悄悄的返回教室的位置上。

她看了眼攤在桌上的課本，又看了眼在講臺上滔滔不絕的老師，輕嘆了口氣。

雖然不能這樣說，但她在這裡真的很無聊。

雖然能夠藉由做自己的事情或是看書打發時間，但有的時候，她是真的覺得她在浪費時間。

星夜撫著額，決定把思緒往教室外面放。

湛藍的天空上飄著幾朵潔白的雲，看起來像棉花糖一樣可口。

嗯……反正閒閒沒事做，那就來畫畫吧。

說做就做，星夜翻出白紙，手拿鉛筆，不打草稿的將外面的世界畫進紙張裡。

等到最後一堂課的老師因為要檢查同學習題做得如何而到座位席時，星夜已經畫完在摺紙飛機。

「星夜，這是妳剛剛畫的嗎？」老師看了眼隨意擺在桌上的素描，小聲的問。

「嗯。」星夜點頭。

「學校的素描比賽，我們班就派妳去吧。」身為班導師的數學老師拍了拍手，覺得這個提議真是再好不過。

「啊？」星夜有些錯愕：「可是老師……妳不是原本要讓小梨去的嗎？」

小梨，本名黎梨，是星夜從國小就認識的朋友，擅長畫畫和國文，她的素描是從小學起，讓她去參加比賽才是正確選擇。

「啊……嗯……可是……」老師悄悄瞥了眼當事人，又低聲道：「不瞞妳說，昨天黎梨的媽媽打電話給我，說是想要讓她把心思多放到課業上，希望我不要再給她多餘的外派任務了。」

「嗯……好吧。」星夜想了一會，最終點頭答應。

對她而言，參加比賽不過是易如反掌的事情，她也有大把的時間可以精進她的素描能力，不礙事的。

「謝謝妳啦，星夜。」

老師拍了拍她的肩膀，接著走回講臺上繼續授課。

好不容易捱到放學，原先死寂沉悶的教室在老師離開後瞬間熱鬧了起來。

還在座位上發呆的星夜感覺到有人靠近，她回頭一看，黎梨滿面愁容地靠坐在她的桌子上。

「怎麼啦？」星夜問道。

「小夜，剛剛老師都跟妳說了吧？」

星夜微微一愣，隨後點頭。

黎梨哭喪著臉，小聲地抱怨：「我就對數學沒興趣啊……為什麼一定要逼迫我學好它呢？

我以後的志向是文組，不用到數學也可以過活啊……要我讀它就算了，居然還不讓我去畫畫比賽……」

「七海大學的國文系可以用才藝比賽加分，為什麼不讓我去啦……」

黎梨抱怨到一半，忽然看見星夜有些尷尬的表情，她連忙說：「小夜，我沒有怪妳的意思，妳很厲害，要說誰能去比賽，一定是妳，我……」

「唉，是是是，不管是畫畫比賽、作文比賽還是奧林匹克數學競賽，只要有天才星夜啊，就什麼都不成問題啦，乾脆就直接讓星夜一人包辦所有比賽代表出賽就好啦。」譏諷的聲音插入了她們兩人的對話。

黎梨轉頭，橫眉道：「柳湘綺，妳幹什麼？」

「什麼我幹什麼？」柳湘綺一臉無辜地半舉雙手：「我哪裡說錯了嗎？星夜不就是天才？全方位天才，那當然什麼都交給她不就好了，哪需要我們這些廢物？」

柳湘綺故做傷心地說：「啊，原本該是我去比的賽，結果因為一些愚蠢原因拱手讓人，黎梨，妳敢說妳沒有絲毫不滿？」

她不屑地笑道：「說不定老師老早就想把妳換掉，剛好藉著這種理由，畢竟星夜的畫畫技巧肯定比妳好，她沒事放著王牌不用幹嘛？又不是笨蛋。」

黎梨的表情瞬間變得扭曲。

柳湘綺冷冷笑了一聲，頭也不回地轉身走人。

星夜看了眼臉色凝重的黎梨，輕聲道：「妳不要聽她亂說。」

她明白自己現在說什麼都是不對的，所以選擇一句無足輕重的話。

「我知道。」黎梨沉默片刻後，勉強擠出一抹笑，隨後就回到自己的座位上收拾書包。

放學後的教室，還是聚集了很多尚未離開的同學。

他們觀看著這一場「戲劇」，給出了評價。

「妳不覺得柳湘綺說的其實蠻對的嗎？雖然不好聽。」

「不用覺得，根本就沒錯吧？」

「有天才放著不用，又不是傻了。」

「唉，在星夜旁邊，真的會覺得自己一無是處呢。」

「有什麼辦法？這就是命運的差距囉～」

「你看星夜她完全沒說話耶，說不定她自己也認為本來就該這樣。」

「你說得太過分了啦。」

「幹嘛？不就是開個玩笑而已。」

「對啊，我們和星夜可是朋友，這是自嘲。」

吵死了。

星夜皺起眉，覺得那些碎語簡直像螞蟻一樣煩人。

她加快收拾東西的速度，逃避似的衝出教室，將那些話語全拋在腦後。

她明白自己沒有辦法反駁其他人的話，因為她是既得利益者。

可是，聰明不是她願意的，她也從未炫耀過自己的才能，為什麼她還得接受這樣的對待？

這是她的錯嗎？

都說小鎮純樸，但是人心，特別是負面情緒的人心，到哪裡都一樣。

她知道他們只是心裡不舒服，所以半是嘲諷的表達心情。

可是她也會不開心啊。

誰在意呢？

她就像聖母一樣，要容納一切的不滿，要憐憫眾生，要包容所有。

但她是人啊。

星夜嘆了一口氣，仰望著被夕陽映得通紅的天空。

走著走著，她的頭頂被人輕輕敲了一下。

星夜回頭，看著星�令正微笑地凝視著她，雙手手指間纏繞著翻花繩。

這是星家「沒用」的父親，與子女之間的相處之道。

他們之間的各種遊戲，既是競賽，也是交流，更是連繫。

星笈令與星夜之間，唯一不玩的遊戲是抽鬼牌，與星空之間不玩的遊戲則是西洋棋。為什麼？星爸爸只用一句「唉呀就是不想玩嘛！」給呼嚨過去。

「爸爸？」星夜眨了眨眼睛，下意識的接過花繩。

「誰惹我們家小夜不開心了啊？」星笈令摸了摸星夜的頭：「今天不是還很開心給『繁星似錦』提出建議了嗎？」

星夜露出笑容，她沒有回答，反而將花繩收起，伸手向父親撒嬌道：「我想抱抱。」

「唉呀，小夜這是在向我撒嬌啊，看來我又要派上我沒用的父愛了。」星笈令笑了笑，將星夜輕而易舉地抱了起來，讓身形纖細的女兒縮在他的頸窩。

傍晚的風微微吹了過來，撩過星夜長長的髮絲。

星夜閉上眼睛，道：「爸爸，我有點想睡了。」

星笈令頓了頓，他明白這是女兒心情不好的表達，於是沒有多問，只是用手拍拍她的背脊，溫柔地說：「睡吧，到家會叫醒妳的。」

星夜的嘴角微微上揚，不論別人怎麼說她，至少她還有家人，家人是她永遠可以安心的避風港。

她深信不疑。

第十三章

夜半，星家。

蘇綰悅坐在電腦桌前，藍色的螢幕光照在女子的臉上。

「綰悅，換妳去洗澡囉。」剛洗漱完的星�令走至蘇綰悅身後，將手搭在她的肩上。

蘇綰悅沒有馬上回應，只是輕輕嘆了一口氣。

「怎麼了？」星笈令關心道。

「笈令，我好像搞砸了。」蘇綰悅將視線從電腦螢幕移開，沮喪的望著丈夫。

「怎麼了？為什麼這麼說？」星笈令有點緊張的握著蘇綰悅的肩膀。

蘇綰悅抿了抿唇，有些憂慮地說：「我覺得，空有點怪怪的。」

「空？」星笈令微愣，腦海再度拉回蘇綰悅生日當天的場景。

「空怎麼了嗎？」星笈令不動聲色地問著。

蘇綰悅把今天在實驗室和星空的對話說給星笈令聽。

完整聆聽整個過程後，星笈令的臉色凝重了起來。

「笅令，我擔心空，他越來越偏激，可是我不知道該怎麼辦。」

「綰悅，」星笅令蹲下身，溫柔的捧住蘇綰悅的臉龐，雙眼直視著蘇綰悅徬徨不安的眼睛。

「沒事的，我會和他好好談談的，妳放心。」

見蘇綰悅依舊愁眉苦臉，星笅令伸手拉起她的嘴角：「好啦，笑一個，綰悅笑起來最好看了。」

「如果不笑，我也要跟著難過囉。」

被星笅令滑稽逗趣的語調逗笑的蘇綰悅，總算露出一抹笑容，「好，我相信你，那我去洗澡了。」

她拍了拍星笅令的手，接著站起身離開房間。

星笅令望著妻子的背影，半晌輕輕嘆了口氣。

「星空……」他一邊碎念，一邊踱步到窗前，望著因為沒有光害而耀眼的星幕。

「繁星終會墜落啊……」

夜裡的嘆息，似乎跟著晚風一併送了出去。

星笅令來到蘇綰悅方才使用的電腦桌前，盯著電腦螢幕，思考片刻，隨即伸出雙手，飛快的在鍵盤上敲打著。

與此同時，星星實驗室裡的電腦螢幕也跟著亮了起來。

隔天，披散長髮的星夜敲響了父母親的房間。

「小夜？怎麼了嗎？」開門的是星�令，他看著穿著睡衣，頭髮散亂的垂在背後的星夜，問：「已經七點多了，不洗漱嗎？」

星夜低下頭看著自己的腳尖，良久小聲地說：「爸爸，我今天可以不要去學校嗎？」

星笣令微愣。

他想起昨天星夜向他討的擁抱，對蘇縜悅親手做的蛋糕興致缺缺，晚餐也是扒個幾口，推說要練習素描就窩回房間。

即使沒有明說，星笣令也從各方面的蛛絲馬跡推敲出致使星夜心情不好的原因。

今天過完，學校會放整整十天的連假，也許讓星夜在這段時間整頓好心情是不錯的主意。

思忖許久，星笣令輕輕摸了摸星夜的頭頂，微微笑道：「好。」

星夜睜大眼睛的抬起頭，有點不敢置信的問：「真的嗎？」

「嗯，反正明天開始學校就放連假，不差今天，」星笣令頓了頓，道：「小夜，等到連假結束，我會去整理資料，素描比賽完後，就幫妳向學校申請自學。」

「咦？」星夜眨了眨眼。

星筑令勾起有些歉意的笑：「我們的堅持，好像讓妳在學校過得不開心，如果妳不想要再去上學，我就幫妳，好嗎？」

「那我以後可以常去實驗室找你們嗎？」星夜雙手環抱住星筑令的腰，期盼地問。

「前提是，基本課業還是要顧喔。」

「沒問題！」星夜展露出燦爛的笑靨：「謝謝爸爸！」

星筑令輕柔的拍拍星夜的頭頂，以示回應。

「這樣我就能去找哥了，他總說很希望我去探班呢～」

星筑令聞言，神情有些僵硬。

注意到父親的異樣，星夜關心的問：「爸爸？你怎麼了？」

星筑令稍稍猶豫了片刻，才問：「小夜，空最近心情不好嗎？」

「哥？」星夜微愣，她思索了一會，道：「我不知道哥最近心情好不好，但是他前陣子似乎有點迷惘。」

「迷惘？」星筑令心一凜，問：「那妳知道原因是什麼嗎？」

「哥說他對於和其他人社交有點疲憊，」星夜偏頭想一想：「但其實誰又不是這樣？」

「什麼意思？」星筑令問道。

星夜把約莫三個半月前的那晚和星空說的話，原封不動的講給星筑令聽。

「爸應該也知道，我不想去學校的原因對吧？」星夜輕輕垂下眼：「我們只能用自己的方式去融入社會，去創造更好的世界……不只是我們，任何人都是一樣，大家都是用盡自己的能力來製造善，我是這樣跟哥，同時也是跟自己說的。」

「不那樣做，真的好難過。」

星�令看著星夜低落的心情很是心疼，他蹲下身，將星夜抱在懷裡，手輕輕撫過星夜的長髮。

「那晚和哥哥談過話後，他好像就豁然開朗了，印象中哥似乎就那次心情不太好。」星夜頓了頓，問：「怎麼了嗎？」

星筱令沉默了片刻，久到讓星夜有些不安，正想開口，星筱令再度摸了摸她的頭髮，道：「沒事的，謝謝妳告訴我。」

語畢，星筱令站起身，拍了拍她的肩膀：「好啦，小夜趕快去刷牙洗臉吃早餐吧，我也要去實驗室找縉悅了。」

星筱令說著，還眨了眨眼：「太晚去的話，又會被妳媽媽罵了。」

「爸爸真的是妻管嚴呢。」星夜被逗笑般地說著，她仰頭看著父親，說：「爸爸，等自學申請過後，我們去外縣市散散心吧。」

「我們好像從來沒有全家一起出去玩呢。」

星筱令聞言，輕輕笑了笑應道：「好啊。」

星笈令不知道的是，他此時此刻展露在臉上的笑容，是苦澀帶著哀傷的。待星夜離開後，星笈令一回過頭，看向「理應」在實驗室，事實上就在他身後的蘇綰悅。女子的臉上滿是淚水。

那是悔恨的眼淚，是罪孽的眼淚，是一個母親曾經想殺害自己剛出生的孩子的眼淚，是沒有保護好星夜因而自責的眼淚。

星空出生的時候，蘇綰悅二十六歲，星笈令二十一歲。

他們都太過年輕，也太過繁忙，身為實驗室裡研究團隊的重要主力，他們忙碌到連自己的身體狀況都無暇顧及，更遑論結婚生子這種事情。

蘇綰悅甚至直到生下星空的那一刻才驚覺自己懷有身孕。

星笈令永遠都記得那天，他打開實驗室宿舍衛浴室的門所見到的畫面。

穿著連身裙的蘇綰悅半跪在馬桶邊，右手伸在馬桶裡，臉色是一片駭人的死白，可那雙眼睛出奇的冷靜。

純白的衣裙、純白的瓷磚、純白的臉色，與地上的一片鮮紅形成強烈對比，單純暴力的令人害怕。

星笈令被眼前的畫面愣了三秒，然後他也不知道怎麼的，下意識的脫口問出：「綰悅，妳在做什麼？」

看到下半身幾乎浸滿鮮血的愛人，他的第一反應不是關心慰問，反而是冒出質問般的問句。

或許，是蘇綰悅表現得太過平靜，或許，是蘇綰悅的舉動太過詭異，或許，是他看出蘇綰悅眼裡的殺意，或許，是他在血緣上感受到的牽動。

年輕的女人轉過頭看向他，面無表情的舉起手，一個皺巴巴、溼淋淋、黏呼呼的「東西」在蘇綰悅的掌心中。

饒是在生物領域拔尖的星筱令，也在瞬間被那團東西嚇了一跳。

蘇綰悅看著星筱令，眉眼竟突然生出笑意：「看來我不該偷拔保險套的，我以為我的生理期那時算準了。」

星筱令半愣了愣，當機的腦袋重新運轉了起來。

他快步走上前，蹲在蘇綰悅的身邊，伸出手抱住了她：「對不起。」

這一句對不起，有太多太多的含意。

蘇綰悅靜靜地靠在星筱令的懷裡，輕聲地說：「筱令，我可以把它沖進馬桶裡嗎？」

她的聲音雖然有些虛弱，可是語氣是相當的肯定。

「這個玩笑不好笑，綰悅。」

「我是認真的。」

「那樣馬桶會堵住的。」

聞言，蘇綰悅像是被逗樂似的笑了起來，她仰起頭看著星筱令，道：「筱令，我不想要有小孩，至少現在，我不想要它。」

蘇綰悅很冷靜、平靜、理智地說著。

「綰悅，他是條生命。」

「可是我現在不愛它，我們也沒有時間照顧它。」蘇綰悅說著，她看向手中的兒子，道：「決定留下它，對它，對我們都沒有好處。」

他們馬上就要出國和國外團隊合作，還要開會研討，還要接受採訪，緊接著就要投身下一輪的實驗，他們有太多太多的事情，根本無法抽出餘力來顧一個脆弱稚幼的生命。

更何況，他們兩人並不是夫妻。

未婚生子，這對他們的形象實在是一記巨大致命傷。

「我會想辦法。」星筱令從蘇綰悅的手中接過小孩，認真道：「所以綰悅，別殺他，好嗎？他畢竟是我們的孩子，他是無辜的。」

「我們不能因為自己的疏失而去抹殺他人的性命。」

蘇綰悅盯著星筱令半晌，又笑了起來：「好奇怪哦，都說母親會對自己的孩子自然而然產生母愛，因為它是從母親的身體分割出來的血肉，但這個『理論』在我們身上似乎反過來了呢。」

蘇綰悅在星空出生的那一刻，是不愛他的。

有人說過，不被期望出生的孩子，一生總會乖舛多難。

星笈令對這個孩子沒有抱持什麼愛恨，他只是認為孩子沒有選擇如何降生的權利，就不該剝奪他如何死去的權利，所以他不願意看見他被親生母親殺死，連體會人生的機會都沒有。

後來，他把這個孩子取名為「空」，送到好友手上，託對方照顧。

再之後，星笈令總會在排滿滿的行程裡硬擠出時間去探望他的孩子。

星空六歲那年，星笈令和蘇綰悅功成名就後返國，在譽琮鎮落腳結婚，最後接回了自己的兒子。

闊別六年的親生骨肉，竟比初見的陌生人還要疏離。

兩年後，星夜出生。

和星空不同的是，這一次他們準備好要為人父母，也已經有足夠的底氣和愛去承接星空的存在。

可是他們和星空之間的隔閡即使到了星空長大成人，也沒有消除。

其實星笈令有察覺到星空在四歲那年性格大變，從原先開朗活潑變得壓抑，而這股壓抑就算回到星家也沒有改變。

他試著想調查出其中的緣由，奈何行程的緣故，他無論怎麼調查也查不出真相。

後來星笈令發現，星空唯一在面對自己的妹妹時，才會變回四歲以前的模樣，善良單純而無邪。

星筱令不敢去想星空究竟怎麼看待他們這對失職的父母，他看不透他兒子的心，即使他曾經拚命想要了解。

這一次，他終於有機會能夠理解了吧。

星筱令走上前，輕輕抱住蘇綰悅。

「對不起。」蘇綰悅將頭抵在星筱令的肩膀上，喃喃地說。

「不要說對不起，綰悅。」星筱令嘆息似地說：「是我對不起妳，對不起空和夜。我會陪著妳的，永遠都會陪著妳的。」

「我也會幫小夜申請『自學』的，我保證。」

說著，星筱令舉起手，對著腕上的手錶道：「請求連線。」

✡

潔白的醫院裡，總會飄著一股淡淡的消毒水味道。

醫院是最接近生死的地方，死神的鐮刀與天使的光輝是並存的，端看一條條生命乘載在天秤上，等待一瞬間的傾斜。

在肅靜死寂的醫院長廊上，皮鞋叩敲在地的清脆聲響十分明顯。
極長的白色外袍悄無聲息的飄盪在空中，隨著主人的身驅帶起了一片氣流。
星空緩緩走向其中一間病房，門口旁邊的招牌寫著「黎世成」。
病患是一名中年男子，有三高還有胃癌的問題，腹水積的嚴重，是標準的病入膏肓。
星空認得他，他是星夜的朋友黎梨的父親。
因為黎家與星家住得近，星空小時候父母親不在，就是受到黎家的照拂。
他還記得黎世成健步如飛的時候，對比現在的病容，還真有巨大落差。
星空輕巧的將門帶上，緩緩的走至病床邊。
床上的男人安靜的躺著，枯槁的容顏、凹陷的臉頰與隆起的腹部形成極大且可笑的對比。
任誰都清楚，黎世成已經時日不多了，也達到讓家屬決定是否留一口氣帶回家的條件。
可憐脆弱的人們，只能絕望的等待死亡的降臨。
無知愚昧的人們，只能以狹隘骯髒的心去度量全世界。
噁心墮落的人們，只能用虛無的慾望塗抹他們醜陋不堪的人生。
但沒關係，有星空如此的存在，他可以改變這一切。
他能夠做到。
「黎先生，您辛苦了呢。」星空彎下身，輕柔地對著昏迷不醒的男人說道。

「您這一生，為了自己、為了他人，做了很多努力，可是到頭來，您得到了什麼？」

「病痛的身體？蒼老的晚年？妻女的悲傷？黎先生，這恐怕不是原先的您所想的吧？」

「可是啊，大部分的人都是如此，拚搏了一生，最後換得的與最初所想的，完全不一樣，對吧？」

「感到難過嗎？感到不甘嗎？」星空露出越發溫柔的笑容，他伸出手輕輕拂過黎世成的頭髮，銀灰的粗糙髮絲扎得有些刺，但星空依然故我的輕輕撫著。

「沒事的，我會讓您的最後一程，留下比以往更燦爛的光輝。」

他說著，從醫生袍的口袋裡掏出一管針管，俐落地扎進他的皮膚。

黎世成依舊沉沉睡著，只是他的氣色也許是錯覺，也許是心理作用，竟在剎那間紅潤了不少。

星空露出滿意的笑容，他將手覆在黎世成的眼睛上，呢喃道：「好好睡吧，黎先生。」

隨後，星空就翩然的離開房間。

病房裡，維持黎世成生命的儀器顯示板上的線，隨著時間的流逝起伏的越來越慢，最終不再有所波動。

可儀器並未發出警告聲，而是靜默了幾秒鐘，那條線再度出現了起伏。

彷彿先前的停止，只不過是個bug。

第十四章

十天的學校連假彷彿一眨眼就過了。

星夜的素描比賽毫無意外的拿下了第一名。

鄰近傍晚，斜陽將大地映照的一片橘紅，碩大的夕陽掛在天際，沉重的讓人覺得它隨時都會墜落一樣。

星笈令坐在實驗桌旁，專心的調製溶液。

黃昏的燈光自窗戶外透了進來，也在星笈令的側臉染上了薄薄的落日光輝。

他和蘇綰悅今日一整天都窩在這裡做實驗，透過星夜的建議，他們的成果假想幾乎可以說是毫無缺失。

在他們加入星夜的建議開始實驗前，總算擠出一點時間暫且休息一下。

蘇綰悅在工作結束後就返家陪伴拿獎的星夜，而星笈令則告訴妻子他和星空有約，會留在實驗室等他。

星空今天待在醫院的時間很長，說是有一位病患因為癌症病情惡化，反反覆覆的搶救了許久最終無效，其配偶不在這座小鎮，唯一的孩子未成年無法作主，只得暫時放在醫院的太平間，等待著有誰能夠接「它」回家。

這是一件很蒼涼的事情，可是透過電話，星空的情緒沒有什麼起伏，不是身為醫生看久生離死別的淡然，而是根本毫不關心他人的死活。

星筊令會和星空約在實驗室碰面，除了想和對方聊聊，更重要的是他打算向其通知一個重大消息。

他一邊思考，一邊繼續調製。

他先確認了位在實驗室後方的天然氣，又坐到電腦桌前，看著電腦裡的資料跑程序。做完這些事後，星筊令回到了實驗桌前，繼續調配硫酸銅。

高濃度的水溶液散發著刺鼻的氣味，瀰漫著整個實驗室。

時間一點一滴的流逝，直到外頭的最後一點日光也消失不見，取而代之的是深藍天幕以及滿天星子的畫面，穿著白襯衫和西裝褲的星空才推開實驗室的大門。

小鎮的天氣在入秋後早晚都會稍涼，隨著星空推開門的動作，外頭的冷意也一併的帶了進來，門口正對的路燈照在星空的眼眸裡，顯得更加透亮冷峻。

「抱歉我來晚了。」星空輕聲地說著，他將東西放置一邊，從口袋裡掏出杏仁酥放到星筊令面前：「喏，帶給你的。」語畢，星空逕自坐到星筊令的對側坐下，他事先就聞到空間裡刺鼻的氣味，挑了挑眉看著父親手中的水溶液。

「硫酸銅？」

星筏令笑了笑，沒有回應。

「用這個要做什麼？」星空繼續問道，這也算是他和星筏令之間的「遊戲」，總喜歡互相判斷對方在做什麼實驗，沉默便是正解，無需多言稱讚或肯定。

奇怪的父子。

「最近實驗室的『藻』有點太多了，想來除一下。」

星空沒有回應，只是靜默地看著星筏令。

然後他伸出手抓過實驗桌上的器具，也開始調配起水溶液。

星筏令望了他手裡的東西一眼，說：「亞甲藍。」

星空聳了聳肩，「細胞染色劑少了，多做幾瓶備著。」

一時之間，兩名男子同在一盞慘白的日光燈下，一言不發地攪動手裡的藍色水溶液。

率先打破沉默的，是星筏令。

「空，有時候我很好奇，明明藻類過多是一種生態問題，為什麼要叫它水體優養化？『優』這個字，不應該是正面含意的嗎？」星筏令將那杯透著漂亮色澤的硫酸銅水溶液推向了星空，很平靜地問。

星空依舊只是看著星�令，半晌，用不帶感情的聲音說：「筊令，你想說什麼？」
「我想說什麼，你不應該知道嗎？」星筊令淡淡的笑了笑。
「所以呢，你想表達什麼意思？」星空再度問道。
「我常在想，我這個人啊，有沒用的父愛和沒用的信用，但說到『教育』，我想我該拚上一份義務。」
星空淺淡的笑了一下：「義務，是，人都有義務的，你有你的，我有我的，互不干涉。」
「空，你很聰明。」星筊令垂著眼望著星空：「但你想做的那些事情是不可能做到的。你不是神，無法左右未來。」
「我是不是神，又怎麼會是筊令你說的算數呢？」星空嘆了口氣：「從遠古時期到現在，生物不斷的演化，所謂的演化，意即淘汰不適合生存的生物。」
「人擇加速了演進，卻也帶來災害。人類是無法抗衡大自然的。空，你妄想要做的那些事情，只會帶來毀滅，只會破壞平衡。」
「破壞平衡？」星空偏了偏頭，笑道：「弱肉強食，人類太過脆弱愚蠢，才會想要用一堆更加傷害地球的器具來保衛自己，我們若握有從根本上進化人類的法器，為何不用？」
「不要說的那麼冠冕堂皇，說到底，你也只是為了自己的私心而已。」
星筊令站起身，走至實驗室的裡側掏出一個厚鼓鼓的帆布包，折回實驗桌旁丟在星空面前。

從帆布包裡散落的，是許多器皿和罐子，還有一堆奇奇怪怪的試劑跟器材。

星空的神色在瞬間崩裂出了隙縫，他仰頭瞪向星笈令，眼眸竟是迸出了濃烈的怨恨，但一秒之後，他的情緒又回歸平靜。

「星笈令，你這是什麼意思？」

「沒有什麼意思，我只是在履行我身為『父親』的義務。」星笈令淡然地說：「我和綰悅對你最大的虧欠，就是沒有做到為人父母的職責，才會讓你受到痛苦。」

「痛苦？你覺得我痛苦？」星空輕笑了聲：「我從未感到痛苦。」

「星空，你的痛苦就是造就你做出這些喪心病狂東西的主因，這是我的過錯和罪孽，我會將它矯正，也絕不會讓你傷害小夜。」

「傷害小夜？她是我妹妹，我不可能會傷害她。」

「不可能？」星笈令挑了挑眉，道：「綰悅生日那天，你在實驗室做的事情，我都看見了。」

星空聞言，眼睛微睜。

「我是特意等你結束，才進來實驗室，我想你應該『忙到』根本沒注意時間，居然連我對你謊報時間都沒發現，最後才導出那天來不及在中午前回家的景況。不過也該說，幸好實驗室裡沒有時鐘呢。」

星笈令一邊說著，一邊看向自己的兒子：「星空，你做的那件事情，難道不叫傷害小夜嗎？」

星空平靜地回望，令星笈令感到駭然的是，兒子的眼神平靜且堅定：「人蠢笨無知，只是弱者的相互取暖，以為自己和別人蓋著同條被子就可以頤指氣使的排擠那些異類。我們才應該存活在這個世界上，不是那些卑劣的螻蟻，唯有天才才能順應千變萬化的世界，這不就是進化嗎？我幫助人類演進，這難道不是什麼好事嗎？這個世界上除了我和小夜，誰都沒有權利活著。」

面對自己兒子的瘋癲話語，星笈令依舊面不改色，他的手指緊緊拽住，輕聲地問：「空，你剛剛說的『誰都沒有權利活著』的那個『誰』，也包含我和綰悅嗎？」

星空的表情在一瞬間凝固了。

半晌，他的臉龐拉起了一抹笑容。

「如果我說是，笈令你會怎麼樣呢？」

星笈令看著他，不帶任何的情感：「那我會殺了你。」

星空斜眼看著星笈令，良久，低低的笑了起來：「殺了我？哈哈哈，你說要殺了我？」

「在你說要殺了我之前，是否有想過，我會不會殺了你呢？」

星笈令的臉色平靜：「我沒有預設你會如何待我，但從你說出那句話後我就知道了。」

「從三個月前，你都在杏仁酥的包裝紙塗了氰化氫，對嗎？」

星空的神情閃過一絲錯愕。

「小夜和我說，三個月前你們談天後，你原先不好的心情就豁然開朗，所以你從那天起就打算要殺掉我對嗎？」

「我知道，你會變成這樣，都是我的錯。」

「所以，我會彌補過錯。」他背著星空，從牆角的箱子拿出一個東西，然後他偏過頭，看向星空，微微一笑道：「空，你會玩西洋棋對吧？」

星空皺起眉，不理解星�要幹嘛。

「我們來玩一局，姑且叫做生死存亡大戰吧。」

星笈令將黑白棋盤擺到了實驗桌上，望著星空：「反正我們看起來都想要殺死對方，只要我輸了，我就任你宰割，反之，你輸了，你也任我宰割。」

星空望著黑白棋盤，又看向星笈令，問：「為什麼是西洋棋？」

星笈令和星空幾乎所有遊戲都玩過，撲克牌、五子棋、記憶遊戲、翻花繩、樂高、圍棋、跳棋……。

扣除西洋棋。

被稱為國際象棋的西洋棋，理應是遊戲裡最為常見的西洋棋，星笈令卻從來沒有和他玩過。

「為什麼不玩西洋棋？」年幼的星空曾這樣詢問星笈令。

對此，星笈令只說：「唉呀，西洋棋這麼常見的遊戲，我一定比不過空啊。」

「爸爸我啊，可是輸不起的人呢。」

記憶中的微笑，與現實中的笑容重疊在一起。

「如何，要來玩一局嗎？」星筮令微笑道：「用雙方都未知能力的遊戲來做賭博，是再公平不過了吧？」

「好啊。」

「誰輸了，就沒有資格活下去。」

星空執起白子，輕輕道：「而你，必輸無疑。」

「那我拭目以待。」星筮令望著星空笑了起來，輕柔溫煦的宛如冬日裡的太陽。

第十五章

「媽媽。」

站在窗前凝視著外景，雙手交握的蘇綰悅聞聲回過頭，看見星夜正站在她身後。

「怎麼啦？小夜。」蘇綰悅露出溫柔的笑容，她張開雙手，讓星夜軟綿綿的倒在她懷裡。

「為什麼爸爸和哥哥還沒回來？時間不早了呢。」星夜雙手勾著蘇綰悅的脖子，漫不經心的撥弄手上的魔術方塊。

蘇綰悅輕聲道：「就算是為了實驗，那兩個傢伙也太過投入了。」

「哥哥明天還要值班，爸爸說明天要帶我去處理自學的事情，他們可不能太勞累啊。」

星夜依舊漫不經心地說著，沒發現蘇綰悅的神情在聽見「處理自學」這幾個字時微微一僵。

「是啊，他們可不能太累。」蘇綰悅拍了拍星夜的背脊，說：「現在很晚了，小夜要不要先去睡呢？」

「不要，我想等他們回來。」星夜將魔術方塊轉成了六面同色，懶洋洋地說：「我已經不是小孩子了，是可以熬夜的。」

「是啊，小夜長大了呢。」蘇綰悅輕聲地說。

與此同時，蘇綰悅手腕上的手錶發出了聲音。

蘇綰悅就著姿勢，看了眼手錶。

上頭只寫了一個單字「game」。

蘇綰悅輕輕吐了口氣，鬆開星夜，她的眼眸在燈光下閃爍著晦暗不明的光。

那是下定決心卻又悲慟欲絕的眼神。

「媽媽，怎麼了嗎？」

蘇綰悅搖了搖頭，微笑道：「小夜，妳能答應我一個請求嗎？」

「請求？」

「媽媽等一下要出門一趟，若在我回家之前妳收到我發的簡訊，請一定要照著我的話去做，明白嗎？」

「媽媽……發生了什麼事情？」星夜有些不解地望著蘇綰悅，她雖然天真單純不諳世事，可是她敏銳的感知到，似乎有些事情不太對勁。

蘇綰悅不答，只是豎起食指，抵在星夜的唇前，微笑道：「小夜，不要問。」

「媽媽從未要求妳做什麼，這一次就聽媽媽的話好嗎？」

「媽媽……」星夜睜著黑色的眼眸望著蘇綰悅，喃喃地說：「為什麼不告訴我，發生什麼事情了？」

蘇綰悅看著星夜，良久，她伸出手抱住星夜，輕聲地在她耳邊說：「小夜，爸爸和我，是真的很愛妳。」

說完，蘇綰悅猛地推開星夜，不顧身後女兒不解的驚叫聲，她趁著對方來不及反應的瞬間將星夜鎖在家裡。

「媽媽！媽媽妳開門！」

蘇綰悅逼著自己狠下心，不去理會星夜的聲音，她緊握雙拳，咬著牙往手錶發來的訊息所在地奔跑過去。

她伸出手指用力按下左手手腕上的手錶。

「請求連線譽琮鎮警察局長林祥伊。」

✡

「你輸了。」星空將白色的西洋棋按進了棋盤格裡，冷冷地看著星笈令。

「空真厲害呢。」星笈令攤開雙手，道：「此刻我也無計可施了。」

「我贏了，所以，你該去死。」星空冷聲地說：「你和綰悅都一樣，明明是天才，卻沾染了那些愚蠢無聊的心。因為無知卑鄙的螻蟻，而放棄自己的才華。」

「你們要墮落就算了，居然也要讓小夜步上你們的後塵？就算我做那些事情又如何？你說的傷害，只不過是以你們的角度去看而已。」

星空淡笑道：「你們沾染了愚知的汙穢，卻妄想用那些東西擊敗我，是不是有點自不量力了？」

星笈令輕笑了聲，絲毫沒有落敗的挫折感，即使是輸掉以生死做為賭注的賭局，他依舊氣定神閒：「空，我說過了，你不是神明，別妄想撼動這個世界上的準則。」

「你很聰明，我不可否認，但是再怎麼聰明的人，終究都會失誤，例如，現在。」

說著，星笈令舉起手，手腕上的表傳來電子音：「資料同步銷毀，完成。」

剎那，星空的瞳孔劇烈收縮。

他一個箭步衝上前，拽住星笈令的衣領，咬牙切齒問：「你做了什麼？」

「長將。」星笈令蠕動嘴唇，對星空的笑容不減：「空，你當真以為，我只是來這裡和你談判兼玩遊戲？」

「你很聰明，你不屑和比你『低等』的人相處，而小夜又不喜歡西洋棋，因此即使你能理解西洋棋比賽的規定，你終究沒有實戰經驗，所以不能完全掌握，對吧？」

「空，你剛剛並沒有『將軍』我，所以並未將死哦。」

星空睜大眼睛，他猛地看向棋盤格，星笉令動了自己的國王棋。

「陷入長將呢。」星笉令笑道：「多虧玩遊戲的時間，你所想要的『繁星似錦』，已經被我銷毀囉。」

「星笉令，你……！」

「你理想的『繁星似錦』，是站在我們所研究的成果基礎上並加以扭曲初衷的怪物，為了杜絕它的誕生，我可是花了很長的時間一點一滴銷毀我們實驗室裡所有的資料呢。」

「你瘋了，那是你們的心血，居然就這樣毀掉？」

「我改變主意了呢，若初衷扭曲，再高的成就都是罪孽。空，沒有了我們的資料，你又如何去完成你的『理想』呢？」

「把你帶來這裡，拘禁你的腳步，這樣就可以確保小夜的安全。」星笉令揚起一抹勢在必得的笑：「吶，星空，你覺得讓小夜轉去哪個高中對她比較好呢？不過你也不用回答我，我已經替她找好學校了。」

「想必小夜在那裡，絕對會很快樂的。」

「而你，就和我一起待在這裡吧？」

「星笉令！」星空的雙眼因為情緒激動而暴凸，鋪天蓋地的怨恨自他的身周襲上星笉令，對此，星笉令依舊沒有絲毫慌張，他將手腕舉至唇邊，像是發誓一般地對著手錶說：「林警官，請以謀殺至親的罪名為由，逮捕走出實驗室的那個人。」

星空瞪大眼睛。

「沒想到吧，你和我的對話，早就被綰悅監聽並發送出去，藉由遊戲的賭注，讓人確實聽見我們之前的對話，確認我們都有殺死彼此的意圖，現在實驗室外面都是武裝警察，不論誰輸掉這場比賽，我們都不會有好下場。」

他們在實驗室賭下和生命，能走出這裡的至多一人，但不管那人是誰，只要踏出實驗室必定都會受到警方制裁。

一時之間，實驗室成了請君入甕的好所在。

只是這個計畫的代價太大了。

「玉石俱焚、兩敗俱傷，隨你怎麼說，反正你我終究只能待在這裡了。」

「星空，這是我對你最後的教育。」星�令說著：「人之所以卑微弱小怯懦，是因為有所感情與畏懼，然而也是如此，人才有無限的可能。」

星空看著他片刻，那雙爆走的眼眸與可怖的神情回歸平靜，他扯起嘴角，道：「星笈令，你以為我會束手就擒嗎？」

「我一定能夠實現我的理想，你只是路上的絆腳石，不該存在。」

說著，星空從口袋裡拿出一個遙控器：「綰悅生日那天，我不僅做了你看見的事情，我還裝了一個驚喜，綰悅就在外頭，這才是我要送給她的生日大禮。」

星笈令攤了攤手，道：「沒想到最後我們會變成你中有我，我中有你的狀態，真是浪漫啊，空。」

「我想你不會那麼容易死的，所以請你記住，我可是輸不起的人呢。長將總會結束的，而星夜就會是將死你的那顆棋子。」

「你走到這一步也是逼不得已，把這裡炸了，被銷毀的資料原檔、實驗器具，所有東西都會付之一炬。即使你活著，你所謂的理想也必定要重來吧？空，妄想和神比肩的你，有預料到我把你最後的手段都算進去了嗎？」

星空不語，他的眼神閃過狠戾，手指用力按下遙控器的按鈕。

震耳欲聾的爆炸聲在耳邊炸裂的剎那，星空聽見星笈令宛如錯覺的呢喃：「啊還有……你覺得『唐予捷』這個名字怎麼樣？很適合小夜對吧？」

第十六章

唐予捷睜開眼睛，發現自己的臉龐淌滿淚水。

她的心臟很久違的「跳動」起來。

她好像做了一個很長的夢。

從「星夜」轉成「唐予捷」，已經過了六年了啊。

僅僅六年的時間，唐予捷卻覺得星夜這個身分，彷彿是上一輩子的事情了。

當時，她被蘇綰悅鎖在家門，什麼也做不了，她甚至不明白發生什麼事情，直到她收到母親傳來的消息。

蘇綰悅告訴她，她最喜愛的哥哥走火入魔。

蘇綰悅告訴她，她最信任的哥哥打算殺死她的父母，只因他們不同意他的作為。

蘇綰悅告訴她，星空認為人類太過愚蠢無知需要進化，這個計畫唯有星夜可以制服。

蘇綰悅告訴她，星筊令已經幫她安排好去處和新身分，他們會用生命替她斷開與星家的關聯，她必須要當做星夜已經死了。

蘇綰悅告訴她，她和星筎令，是絕對信任星夜的。
「小夜，我們愛妳，對不起，謝謝妳。」
宛如訣別的告白與歉意，是蘇綰悅發給她最後一條訊息。
然後，她便感覺到一陣天搖地動。
那是宛如爆炸般的聲響。
星夜不敢想那聲爆炸究竟來自何處，儘管優異的感知力已經告訴她答案，她忍著因為訣別而想哭的衝動，保持冷靜的在蘇綰悅指示下找到父母留給她的東西，又或者稱之「遺物」。
薄外套、基本藥品、衛生用品、錢、新的sim卡、車票、眼鏡、帽子、口罩……應有盡有。
最重要的，是她新的身分，「唐予捷，越影高中二年三班的轉學生，父母因故雙亡。」
薄薄的身分證上，星夜的容貌依舊動人，只是落在她身邊的那三個大字，澈底阻斷她與星夜之間的關係。
她依照著指示，戴上眼鏡、口罩以及一頂棒球帽，換了身衣服，收拾好東西，用訊息發來的連結刷開家中的鎖。
那個連結，是蘇綰悅私下額外發明出來的玩意，本意是想要測試實驗室的門鎖，沒想到有朝一日變成她逃生的鑰匙。
彷彿算準她的距離，在星夜甫踏上不會被波及的石子路，那幢她住了十六年的屋子也發出無預警的爆炸。

她躲避被爆炸聲吸引注意的鎮民，悄悄的離開譽琮鎮。

她抵達離譽琮鎮最近的大火車站，在廁所裡將自己的長髮染成褐色，並且修齊瀏海，原先筆直的頭髮用電捲棒燙捲，然後搭車離開。

一路上，她一直都沒有特別的情緒起伏，一來她無法清楚得知父母與哥哥究竟發生什麼事情，二來，她沒有真實感，彷彿一切都在做夢一樣，只要醒來，這場荒唐的夢就結束了。

然而打碎她幻想的，是她於新住處（也是越影高中的宿舍）裡，去探察那件事的後續。

國內外首屈一指的生物科學家星筱令，與其長子星空因理念不合，對彼此起了殺機，從兩人的對話中，可以看出他們似乎都有著什麼驚天動魄的計畫。

為了確保鎮民的安全，警方確保在範圍內的居民疏散完畢後，便全程監控著兩人的行動，就在星筱令向警官請求通緝兩人的沒多久，星星實驗室發生爆炸，過沒多久，星家的住處也發生了爆炸，留在家中的女兒星夜當場死亡。

根據調查，實驗室和住宅處的炸彈是連鎖效應，只要一方引爆，另一方在設定的時間過後也會跟著引爆。

而星筱令的妻子蘇綰悅，從頭到尾只負責將兩人的對話傳遞給警方，再無其餘的行動。

爆炸結束後，警方進入實驗室的廢墟搜索，卻沒有發現兩人的遺體。

他們無法確認兩人的生死，全面展開搜索，而蘇綰悅也被帶回警局說明案件情況。

這件事發生的太過荒謬且不真實，譽琮鎮的鎮民一時之間都難以置信在這純樸的小鎮居然會發生如此可怕的事情。

一切悄無聲息，一夕之間，所有事情都變了樣。

此案件有太多撲朔迷離的點，然而唯一的證人蘇綰悅卻在帶回警局的第二天就消失不見。

當警方再度找到她時，也一併找到了星筎令。

兩人被發現時，在場所有人，饒是辦案經驗豐富的林祥伊局長，都感到一陣毛骨悚然。

那兩人的身體被人殘忍的肢解，並且把對方的四肢隨意的縫到另一具遺體上，將他們製造成可怕的屍塊集合體。

而這兩具遺體的身邊，用紅色的液體囂張的寫下「Stars never fall」

兇手的身分是心照不宣的答案。

殺害父母，以及發生的爆炸案，始作俑者都是一個人。

星空。

他被冠上罪犯七六五四的代號，遭到全面通緝，可是最後的結果是在兩天後上吊自殺。

經過牙齒和ＤＮＡ的驗證，確認了星空的身分。

他的死狀悽慘，面容扭曲到幾乎認不出樣子，似乎心有不甘。

也是，所有的成果全都在那場爆炸銷毀，不管星空是基於什麼樣的理由引發炸彈，那也是他最萬不得已，同時也是最壞的打算。

至於他究竟想要做什麼，知道的人已經不在，再也沒有人能夠看透這位醫生的心思。

而在冥冥之中好像有所注定，星空才剛死亡，他所待的醫院也出了事，一名胃癌過世的患者遺體不翼而飛。

被稱為「Star」的案件，隨著兇手的死亡成了蓋棺論定，也因為接連冒出的遺體失蹤案件，還有牽扯出醫院裡許多的內幕，即使激起了巨大火花，最後還是消失的悄無聲息。

即使什麼都搞不清楚，但是他們仍為「Star」做了總結。

天才與天才之間的理念相左，進而成了自相殘殺滅門的地步。

「果然天才都是瘋子。」

「我就覺得他們星家都怪怪的，看吧，果然出事了。」

「他們根本是自找的，如果下場是那樣，我打死都不想成為他們那種人。」

「啊，當笨蛋果然比較快樂。」

「凡夫俗子不懂天才的煩惱。」

「真是有病，哈哈哈哈。」

「星筄令和蘇綰悅就是假面人啊，會教出這樣的小孩也不意外啦，幸好星夜也死了，誰知道她長大會不會變的跟她哥哥一樣。」

十六歲的唐予捷坐在電腦桌前，一遍又一遍的看著對此案下結論的網民。

好奇怪啊，為什麼他們都比她更了解她的家人呢？

明明他們根本不知道詳情，為什麼可以這麼理所當然的去評論？

憑什麼？

事情根本不是他們想的那樣。

根本就不是……嗎？

唐予捷握緊拳頭，頭抵在電腦桌前。

她其實沒有資格去批評那些「自以為是」的網民，因為就連她，也不知道當初究竟發生什麼事情。

她對此一無所知。

她無能為力。

她總算感受到這種無力感，原來是真的很沉重且痛苦。

她只能無力的看著她家人如此淒慘的死狀，看著原本對他們稱讚有加的外界無情的嘲笑，看著曾受他們幫助的人們反過來踩他們一腳，看著……

她還要看到多少的世態炎涼？

電子螢幕上的文字倏然模糊了起來。

她感覺到一股溼濡流過她的臉龐。

唐予捷下意識去摸，才發現她哭了。

從她離開譽琮鎮到現在，她從未落一滴淚，如今那彷彿死去的淚腺忽然「復活」了起來，眼淚盈滿她的眼眶，控制不住流下。

她好想她的家人，真的好想好想。

她想念母親溫柔的聲音，想念父親溫暖的懷抱，想念兄長……所有的一切。

她想念他們，或者說，想念她無憂無慮的時光。

她緬懷逝去的一切。

爸爸媽媽，我好想你們。

「為什麼要留我一個人在這裡……」

偌大的房間裡，瘦弱的少女蜷縮在電腦桌前，隱隱約約的發出脆弱無助的啜泣聲。

那晚過後，唐予捷就像刻意遺忘這段過往，將那些屬於星夜的一切全部鎖死。

同時，她的心也上了一道枷鎖。

事到如今，那句囂張的「Stars never fall」再一次出現，打碎她所有的忽視以及自我防衛。

她知道她不能逃避。

因為這是只有她能終結的罪孽，這是屬於星家與生俱來的惡。
唐予捷嘆了口氣，她用指尖抹掉流淌在臉上的眼淚，深呼吸一口氣。
罪犯七六五四號再度出世，唯有她能夠與之抗衡。
她不能再逃了。
可是即使下定決心，她也不知道該從哪裡下手。
或許，她得先去調查一下當年星空究竟如何逃脫的？
還有，那具代表星空的屍體，又是怎麼一回事？
唐予捷咬著指甲，覺得頭痛。
警方與她都不想要讓外界發覺星空沒有死，所以他們只得暗中調查。
可是現在，既不能調出以往的資料，更不可能去譽琮鎮星空所待的醫院調查。
「你真是淨給我找麻煩啊，星空哥哥。」唐予捷喃喃道。
唐予捷打開電腦，再度檢查了星空目前為止留給她的提示。
對於哥哥的瘋狂行為，唐予捷不怎麼害怕，她知道哥哥並不會傷害她，她也知道哥哥的用意是希望唐予捷盡快找到他，好接受他盛大的贈禮。
「問題是，誰知道要去哪裡接受你的禮物啊……」唐予捷忍不住吐槽，就在她一籌莫展的時候，手機鈴聲響了起來。

唐予捷定睛一看，是蘇啟恒打來的。

她接起手機，問道：「啟恒？怎麼了嗎？」

「予捷，我有一個不情之請，希望妳可以答應我。」

唐予捷頓了頓，蘇啟恒的聲音聽起來隱約有著莫名的感傷，讓她有些疑惑。

「怎麼了？你先說。」

「我想妳應該會開始正式調查關於罪犯七六五四的事情，我希望我可以和妳一起去。」

唐予捷愣了愣，「啟恒，罪犯七六五四是罪大惡極的犯人，他不會對我有生命威脅，但是其他人我不能保證他會做出什麼。」

「即使這樣，我也想和妳一起去。」蘇啟恒的語氣輕柔卻也十分堅決。

「啟恒，我能問原因嗎？」唐予捷試探性的問道。

電話的另一頭陷入了沉默。

唐予捷並沒有再多說話，只是給予對方足夠的空間和時間思考。

她是頭號被針對的對象，有絕對權利讓誰不讓誰捲入這件事情。

良久，彼端再度傳來了蘇啟恒輕柔的聲音：「予捷，妳還記得我之前和妳說過，關於瑄徽的事情嗎？」

彥瑄徽，是蘇啟恒的青梅竹馬，在五年前一次出門後音訊全無，自此人間蒸發。

「嗯。」唐予捷應了聲，隨後又問道：「你覺得彥小姐失蹤和罪犯七六五四有關？」

「我不確定那是否和瑄徽失蹤有關，就算有也可能是模仿犯，畢竟當時Star是全國皆知。當年瑄徽失蹤的兩天後，我收到了一則很長的訊息，大多都是亂碼，但是最後一句就是Stars never fall。」

「所以我想，這或許是一個線索也未可知。」

唐予捷沉默地聽著。

她現在總算清楚，為什麼六年前會有網民說星家是怪人了。

因為當她聽見彥瑄徽和星空也許扯上關係時，並不是為了那個素未謀面的陌生人感到遺憾或是抱歉，而是——

找到順理成章能拿到資料的喜悅。

第十七章

彥瑄徽覺得自己的身體越發虛弱。

當然，長久未進食的身體本就會虛弱。

她身上的碎花洋裝髒汙不堪，雪白的質料染上血汙與汗漬。

但她更多的感覺是身體裡的細胞像被什麼一點一滴的吞噬，彷彿要被外來的東西占據一樣。

硬要說的話，就像奪舍的感覺吧。

她的腦袋和意識一直都是昏沉沉的，所待的房間裡無法得知時間的流逝，唯一能知道的是S來找她的時間間隔拉長。

對此，彥瑄徽一點都不感到鬆口氣。

S就是一個神經病，每次來找她都會拿鞭子胡亂抽她一頓，再朝她注射一管讓她痛不欲生的液體。

她真的不知道S想要做什麼，儘管她曾苦苦哀求他放她走，無論要她做什麼都好，卻只換來對方掐住她的脖子發瘋似的呢喃：「妳為什麼要逃走？為什麼要走？我哪裡不好妳要離開我？」

與之隨來的，又是一頓更嚴厲的鞭打。
到現在，彥瑄徽已經放棄任何求生慾望。
她宛如屍體一般，渴求著死亡的解脫，也或許是意識的消抹。
雖然沒有根據，但從S對她說的話，還有種種跡象來看，他似乎想要讓彥瑄徽變成另一個人，S對她說的話，更多是在對他想要見到的「人」說話。
但那個「人」是誰，她不知道。
算了，她也不需要知道。
彥瑄徽覺得自己應該是再也離不開這間屋子了。
她側躺在柔軟的床鋪上，無聲的死寂沉重的籠罩在她的身邊。
她現在唯一能做的事情，只有無止盡的回味從前和懊悔。
她後悔自己虛度光陰，後悔自己對母親的態度，後悔太多太多的事情，也許最後悔的，就是對她的鄰居哥哥蘇啟恒吧。
這段時間，她很常想起他們之間的相處。
也許是S的藥劑時常讓她陷入幻覺，每當她到達像夢境一樣的地方時，她眼前的人總是蘇啟恒。
她在虛幻的空間裡，對他訴說她的想念。

若說每一次交際都是帶有目的，那麼蘇啟恒的目的只有一個，就是希望她好好的。

她為什麼要到這個時候，才能發現到這一點呢？

一陣腹痛打斷了她的神智。

從不知何時起，她的身體總會承受一遍又一遍的疼痛，好像有什麼東西吸飽她的血液以及內臟，從她的肌肉中破土而出。

好痛，那股痛彷彿要將她撕裂開來。

彥瑄徽將身體蜷縮在一起，企圖壓抑痛楚。

然而她越壓抑，痛苦的感受越深刻。

好痛，好難受，好像要爆炸一樣。

彥瑄徽發出微弱的嗚咽聲。

如果可以，她真的很想要再對她重要的至親好友說：我很想念你們。

可是，這是永不可能達成的奢望。

門被推開了。

彥瑄徽躺在床上沒有動。

不論她現在遭到什麼對待，都已經無所謂了。

S走了進來，很難得沒有抽出鞭子打她，只是在床邊蹲下身，凝望著意識不清的女孩。

「妳知道什麼是魯珀特之淚嗎？」他的聲音很平和，沒有絲毫的瘋癲以及激動，甚至帶了點眷戀和溫柔。

什……？

彥瑄徽昏昏沉沉的看著S，她依稀記得在被抓起來不久，好像也有人曾經這樣問她。

那也是S吧。

彥瑄徽下意識搖搖頭。

「願你有魯珀特之淚般的心，萬物不催，但也願有一人終知你心，稍縱即碎。」S的聲音依舊輕柔，他伸出手撫過彥瑄徽的頭髮，呢喃似地說著：「我啊，便是那個終知他心的人，可惜……他心若頑石。」

面對這近似告白的話，彥瑄徽忍不住輕笑了起來，但因為太過無力，那聲輕笑猶如無力的嘆息，嘆息S的愛是如此荒誕可笑。

S想要把她當做他喜歡的人，可是他的愛若是這麼扭曲，那被他愛上的人也太可憐了。

「如果我真的是你喜歡的那個人，那我由衷為這可憐的人生感到不幸。」

彥瑄徽這番挑釁的話觸動到S虛假溫柔下的瘋狂內心。

她看著昔日讓她心動的男人澈底粉碎那脆弱的偽裝，看著他舉起刀子面容猙獰的朝她刺下，看著……

如果在死前能夠撕下這偽善的面具，那何嘗不是件痛快的事情？

她在這裡這麼久，警方始終都沒有找上她，還有綜觀前面的結論下來，S可以做到把人綁走還滴水不漏。

S是個聰明且心智扭曲的人，他有著極大的弱點。

並不是非理性的思維，而是他被所愛之人的牽制。

他把彥瑄徽當成所愛之人，在她身上寄望了感情，如果她藉由這點去刺激S，那或許她可以賭一把。

不是為了活命，她早已放棄這條路，而是讓她最終得以回家的機會。

她相信有人能夠找到她的賭注。

也許就是S的愛人也未可知。

被S這個瘋子所愛的人，必定也是與眾不同。

所以她相信那個人能做到，並且由衷地相信。

✡

白雨市警局內，唐予捷端坐在沙發上，看著手中的書本，身邊的筱戀雖然也在看書，但是心思明顯飄到警局的另一邊。

蘇啟恒正凝望著在電腦前忙碌的陸修岳。

「筱戀，」冷不防地，唐予捷輕喚了聲。

「嗯？」筱戀被猝不及防的呼喚嚇了一跳，她看向一邊的唐予捷，對方蒼白的側臉撞入她的視線。

「電力工程導論的期中考分數是多少？」

「？」筱戀一臉莫名其妙的望著唐予捷，彷彿對方剛說出來的不是人話。

「妳這次電力工程導論的期中考，考多少？」唐予捷依舊平靜地問著。

「欸……九十七。」面對唐予捷那理所當然再自然不過的神態，筱戀縱使疑惑，仍然如實的報上成績。

唐予捷淡然地說：「我知道了。」

「予捷，妳問這個有什麼用意嗎？」筱戀問道。

「沒什麼。」唐予捷闔上書，望向前方：「他們好像查到什麼東西，走吧。」

「……好哦。」筱戀甩甩頭，暫時將困惑放到一邊，把心力擺到眼下的事情。

陸修岳望著眼前的三人，神情嚴肅道：「我剛剛按照你們的要求，調查從五年前到現在全國的失蹤案，發現除了彥小姐之外，還有十一起案件尚未偵破。」

「不過，包括彥小姐在內，這十二起案件完全沒有任何相似之處，甚至還分散在不同縣市。」

「予捷，蘇先生，你們真的認定這十二起失蹤案和Star案，以及現在這些晶片有關嗎？」

唐予捷沉默。

蘇啟恒看著她片刻，又看向陸修岳：「陸警官，你也看到了，當時瑄徽被帶走後，我也收到Stars never fall。」

「我不是要質疑你們，只是若想要將這十二起失蹤案當作連環案來處理，我勢必需要有足夠證據才能立案，否則只有彥小姐以及晶片的案件在我的管轄範圍內。」

唐予捷低著頭，依舊沒有說話。

「在那之前，我還有一件事情必須說，妳並未告知我們到底是什麼原因讓妳變成他盯上的目標？」陸修岳皺著眉看向唐予捷：「予捷，妳能告訴我們嗎？讓平民捲進命案是非常不妥的，更何況妳確實遭到生命危險，失蹤案、分屍案、晶片案件，這些事情非同小可，妳若執意要調查，必須……」

「陸警官！」急促的聲音打斷了對談。

「抱歉，我失陪一下。」

唐予捷從頭到尾一言不發。

「予捷……我覺得陸警官說的很有道理，妳至少要讓我們知道原因，不然這樣太奇怪了，讓一個學生去干涉命案，就算妳很聰明，這也不太妥當呀……」

唐予捷抿了抿嘴唇。

她明白陸修岳的意思。

林曜煇和杜承亭，這兩個人是她一意孤行而喪生的無辜生命。現在又扯出了失蹤案，倘若她再不拿出自己為什麼堅持調查的理由，那麼她待在這裡的立場，比蘇啟恒還要薄弱。

可是……她要怎麼說出口？

她花了六年的時間遺忘那個身分，她好不容易說服自己「她」死了，現在要她喚醒那個身分，那對這六年努力的她算什麼？

那瞬間，唐予捷猛然想起蘇綰悅當時寄給她訊息中的一段話。她突然覺得想笑，遺忘記起，都是旁人替她的安排，她從來就沒有資格選擇要或不要。

唐予捷唯一的功用，就是要阻止星空的罪孽，至於其他事情，包括她的心情，都不是他人與自己要在意的。

「予捷……」

「予捷，手指檢測結果出來了。」拿著化驗報告的陸修岳打斷筱戀的苦苦哀勸，他走了過來將紙張攤在桌上，讓在場的人得以看清內容。

甫見到紙張上的字，唐予捷的眼睛微微一睜。

白色的紙張上寫著清晰的黑字，用力的宣告著那根手指隸屬於誰。

星夜。

「星夜……？那不是罪犯七六五四號的妹妹嗎？」筱戀不確定地說著。

「所以六年前的那場爆炸，星夜也是被罪犯七六五四殺死分屍？」

「不是……不可能是這樣。」

「予捷……？」筱戀聽見唐予捷呢喃似的言語，轉頭看向對方。

撞進眼裡的，是唐予捷慘白至極的臉龐。

「予捷，妳還好嗎？」蘇啟恒也發現唐予捷的異樣，連忙關心道。

唐予捷閉上眼睛強迫自己冷靜下來，半晌後她再度睜開眼，搖頭道：「我沒事……」

隨後，她直直望向陸修岳，一字一頓道：「陸警官，雖然這樣說很無理，但是可以請鑑識人員再做一次檢驗嗎？」

話語一出，所有人皆是愣住。

「我能問問原因嗎？」陸修岳微微皺眉，問道。

唐予捷低下頭，輕聲道：「因為它的結果不是正確的。」

「怎麼可能會錯？這是警方的鑑識科檢驗出來的，就算時隔已久，只要遺體保存完整，就可以檢驗身分的啊？」筱戀不安地說道，心想唐予捷到底發生什麼事情了。

「我記得當時星夜的遺體並不完整對吧。」

「是沒有，星夜的遺體經歷爆炸後四分五裂，但這不就更可以說明為什麼星空帶走她的手指不被發現嗎？妳為什麼能如此確定這不是星夜的手指呢？」蘇啟恒溫聲地問道。

「……這份檢測，是錯的。」唐予捷沉默了片刻，仍是冷靜的開口，儘管她的話語相當匪夷所思又明顯逃避話題。

科技相當進步的時代，只是簡單的ＤＮＡ檢驗，怎麼可能會出錯？

「予捷，如果妳不回答問題，我不會要鑑識科重新檢驗的。」陸修岳開口道：「為什麼妳會這樣要求？」

不能怪他咄咄逼人，而是他有預感，唐予捷將會說出他一直想要得到的答案。

警局裡，娉婷的女孩佇立在其中，她舉起雙手，凝望透著慘白燈光的十隻手指。

良久的寂靜後，唐予捷苦笑了聲，靜默的從包包裡拿出一張看起來擱置一段時間的身分證放在桌上。

稍嫌稚嫩但依舊美麗動人的唐予捷微微抿著唇笑，照片旁邊的姓名欄上則用黑色的字體寫著她的名字。

「因為，我就是星夜。」

第十八章

星夜，國際級頂尖生物學家星筎令以及電子技術師兼科學家蘇綰悅的女兒，國際醫界首屈一指的外科權威醫師星空的妹妹。

年僅十六歲，就被譽為全領域天才的少女。

年僅十六歲，被世界寄予了超越世代的期望。

年僅十六歲，葬送於家人紛爭的殘酷中。

對於星夜，筱戀僅感到遺憾和惋惜，畢竟星夜於她而言，是一個遙不可及的人物。

但是……

她怎麼也沒想到，認識了六年，從高中一路走來的朋友唐予捷，居然是星夜?!

唐予捷在高二的第一學期開學沒多久，便突如其來轉到筱戀的班上。

她沉默寡言，聰明美麗，渾身散發著高冷疏離的氣質。

越影高中是所超級資優升學的學校，學生面對唐予捷那近乎神一般的才智並沒有多大的嫉妒，更多是好奇和稱羨。

大家都想靠近她，汲取她身上那源源不絕的知識。同時，他們也被唐予捷那精緻的容顏以及神祕的氣質給深深吸引。對於眾多的外界追求者，唐予捷建構了一層保護罩，將所有人隔絕在外。

筱戀之所以能夠進入唐予捷的防護罩裡，其實也是意外。

他們班只有唐予捷和筱戀住在學校宿舍，並且就在隔壁房。那天筱戀回宿舍的時間已經超過門禁時間，她屏氣凝神小心躲過舍監的探查，好不容易摸到門口準備進房間，此時眼角餘光瞄見了一道身影佇立在走廊尾端的陽臺。

走廊的燈光昏暗，那抹人影乍看之下模糊不清，被筱戀誤以為自己撞鬼，膽小的她無法克制，驚天動地地尖叫起來。

她千方百計想要逃過舍監的舉止，全被這道尖叫聲毀了。

最後，晚歸的筱同學和半夜站在陽臺的唐同學被女舍監請去喝茶。

兩人過門禁時間還在外頭遊蕩的處分，在唐予捷解釋自己因為身體不適要到外頭透氣，而筱戀是聽到動靜出來探查，會尖叫是因為有蟑螂這等理由後被輕輕放下。

不得不說，唐予捷可是說謊不打草稿，還擁有優秀演技。

在回房間的路上，筱戀第一次和唐予捷搭話，說的就是謝謝。

唐予捷沒有多說什麼，僅僅只對她笑了一下。

她的笑容很淡，並且一閃而過，在昏暗的環境下幾乎辨認不出來，但不知為何，那抹微笑宛如一記重擊，直直敲進筱戀的心臟。

撲通。

筱戀當時愣住了三秒。

隨後她看著唐予捷打算回房間的背影，消瘦挺拔的身姿透出了莫大的落寞感。

筱戀是班上唯一一個沒有嘗試想和唐予捷攀關係的女學生，因為她總覺得對方有著很濃厚的疏離以及悲傷，她想，也許唐予捷剛經歷了什麼巨大打擊，甚至為此轉學。

身心尚未調適過來就要應付社交，那太累了，所以她沒想過要給唐予捷更多困擾。

但是那晚……

鬼使神差的，筱戀脫口問道：「妳肚子會餓嗎？要不要一起吃消夜？」

或許她真的覺得唐予捷太孤寂了，所以想陪著她。

也是這一句話，讓筱戀成為唯一一個走進唐予捷心房的人，陪伴她至今。

時間拉回現在，筱戀看著臉龐依舊平靜的唐予捷，心情相當複雜。

是不敢相信？好像也不是，只是一時半會有點震驚而已。

要說容貌，在知道唐予捷就是星夜後，便能看出她們確實長的一模一樣，但若說哪裡不同，應該是眼神和氣質。

筱戀曾在新聞、電視、電腦、手機上看過星夜，女孩閃耀著耀眼無比的光輝，燦爛的笑靨以及充滿光彩的眼神讓她人如其名，是夜晚裡的璀璨星河。

可是唐予捷的氣質沉穩內斂，甚至壓抑且陰鬱，在她身上只感覺到被雲霧籠罩看不清的神祕感，她的眉眼永遠都帶著一絲憂傷，即使微笑也感到拘束，無法輕易猜測到她內心的真實想法。如此截然不同的神情，讓人下意識將兩人分隔開來。

「妳就是星夜？」陸修岳愕然的看著唐予捷：「這……太荒謬了。」

「你們可以不相信，但我確實是星夜。」唐予捷輕聲地說：「要證據的話，我隨時都能配合。可是有一點我要說清楚，是你們一意孤行地要求我拿出理由，而我也給了。所以，能夠請你們聽從我的請求嗎？」

「我們不會懷疑妳的話，只是這個事實太過於震驚。」蘇啟恒拍了拍唐予捷的肩頭，唐予捷看似平靜淡然，但她繃緊的肌肉已經出賣她真實情緒。

「予捷，我相信陸警官有他的考量，沒有要揭妳傷疤的意思。」

唐予捷環顧了警局，在場所有人的臉龐皆是寫滿著震驚。

琢磨一會，陸修岳又道：「抱歉，予捷，我沒有不相信妳，只是想再做確認，既然如此，罪犯七六五四是妳的……」

「對，他是我的哥哥，星空。」

「這……這……所以妳那時如此篤定這些是罪犯七六五四做的，是因為……」

「我了解他，知道他的作風，所以敢肯定絕對是他。」唐予捷一邊回答，一邊把寫著星夜的身分證小心地收了起來，

陸修岳被眼前荒唐的事實炸得七零八落，原以為死去的人接二連三的「出現」在他面前，即使他辦案資歷深厚也沒辦法立刻消化過來。

「那……妳知道他具體想做什麼嗎？」

唐予捷搖搖頭：「我不知道。」

「什……」

「連六年前的Star案，我都不知道具體發生什麼事情。我的父母只告訴我一些訊息，我能確定的就是哥哥走火入魔，唯有我可以制止他。」

唐予捷稍稍抬起眼，瀏海遮蔽了她的眼眸，透過髮絲間顯現出來的瞳孔閃爍著晦暗不明的光：「所以，陸警官，能不能給我一點時間，我會找出這十二件失蹤案的關聯點的。」

「拜託你了。」

✡

唐予捷和筱戀婉拒了蘇啟恒陪同的建議，兩人在警方的保護下走上了回租屋處的街道。

一路上，並無人開口說話。

率先打破沉默的，是唐予捷。

「對不起。」

「咦？」

「我隱瞞了妳。」

「這……這沒有什麼好對不起的啊……」筱戀失笑道：「妳經歷了那些事情，在父母親的保護下逃離，本就要隱瞞身分。」

「但是妳不開心。」

筱戀微微一愣，不說話。

唐予捷低頭看著從警局拿來的牛皮紙袋，裡頭裝的是這十二起失蹤案及手指檢驗的所有相關資料，載著沉重的罪孽，厚重的彷彿快要拿不住。

「我隱瞞這個事實，我隱藏了我的心，對此，妳不開心。」

筱戀沒有說話。

縱使理智上知道，她完全沒有立場和資格讓唐予捷對她敞開心扉，但是對於這六年的陪伴，所付出的一切，依舊讓對方對她保有祕密，這樣的事實讓筱戀感到挫敗，甚至無可避免地有些埋怨。

「對不起，筱戀。」唐予捷輕聲道：「我一直都是一個失敗的人。」

「在還是星夜的時候，爸爸總告訴我必須設身處地為他人著想，但是我對一切已知的人事物感到乏味，缺乏真正的同理，我只堅信我所認定的，最後變成對家人發生的事一無所知；在身為唐予捷的時候，我特意武裝自己，拒絕他人的關心，自以為這樣能夠不再受到傷害……事實證明，我還是失敗了。」

唐予捷停下腳步，她低垂著頭，朦朧的路燈自她的後背打了下來，將她的面容隱藏於黑暗中。

「筱戀……對不起……」唐予捷的聲音注入了顫抖：「我不知道當年發生了什麼、我不知道我哥哥想要做什麼、我做不到回應別人的善意、我做不到走出六年前的陰影……我什麼都做不到……」

她並不是冷靜自持的人，而是努力的壓抑，可是持續的壓抑最終只會換來崩潰。

「予捷……」筱戀走上前，伸手握住唐予捷細弱的雙臂：「我不曾經歷過妳的痛苦，我無法說什麼加油、沒事、會好的，但是請妳相信無論如何我都會一直在妳身邊，絕對不會離開妳。」

「即使妳什麼都不知道，即使妳感到害怕，我都會和妳一起找出來。」筱戀的聲音溫柔的圍繞在唐予捷的身邊，猶如溫煦的微風包裹住脆弱無助的心。

唐予捷的身體依舊在顫慄，厚重的資料從指尖滑落散了一地，她的雙膝一軟整個人差點跪倒在地，筱戀緊緊抓著她。

唐予捷把臉埋進筱戀的懷裡，哽咽的聲音細微的飄出：「筱戀，為什麼……妳會願意留在這麼危險的環境裡？」

為什麼妳要把自己的安危置身於外？

從聯誼事件中就可以看出這件案件十分危險，筱戀只是一個局外人，她大可不必蹚這渾水。

「妳想知道原因嗎？」筱戀溫柔的問。

唐予捷沒有回答，只是輕輕點頭。

劇烈的壓力讓她平常的偽裝崩毀。

「予捷很聰明，樣樣都拿手，但對於感情這方面是意外的遲鈍呢。」

筱戀笑了起來，她移動雙手，從攙扶改為捧住唐予捷的臉龐。

唐予捷看向筱戀，墨黑的眼眸映照路燈的微光，乍一看恍若回到了還是星夜單純無瑕的時候，她的雙眼依舊閃爍著璀璨亮光。

筱戀低下頭，嘴唇輕輕觸碰唐予捷額前的瀏海。

「因為我想要待在妳身邊。」

「我做不到看著我想要保護、我喜歡的人獨自承受這些痛苦，所以予捷，請妳讓我永遠永遠的待在妳身邊，好嗎？」

從小念理科班，現年二十二歲的筱戀，用盡了所有的溫柔，說出了一段最簡單也最誠摯的告白。

打從她與唐予捷對話的那刻起，她心中的悸動就已經告訴她，對於對方的感情，她從來就不是朝著摯友作為終極目標。

她並不打算將自己的感情說出口，只希望唐予捷能夠幸福，若是她與蘇啟恒兩情相悅，筱戀就恪守自己的身分，以朋友的立場陪在唐予捷身邊。

但是他們的關係並不是她所想的那樣，那麼她決定主動出擊。

筱戀，一直一直都很喜歡唐予捷。

第十九章

蘇啟恒坐在電腦桌前，十指飛快的在鍵盤上敲打。

幾秒鐘後，電腦螢幕跳出了一張照片。

那是一張由手機截圖再存進電腦的照片，一大串的亂碼幾乎霸占所有的版面，僅最後一句可辨識意義。

星星永不墜落。

這是五年前彥瑄徽失蹤後，蘇啟恒所收到的一則簡訊。

儘管與彥瑄徽沒有什麼關係，蘇啟恒下意識還是把這則簡訊截圖下來並且妥善保存。

彥瑄徽是蘇啟恒的青梅竹馬，對於彥瑄徽的失蹤，他是感到自責且難受的。

因為他甚至不知道彥瑄徽當天出門是為了什麼，只知道彥瑄徽就像人間蒸發一樣的銷聲匿跡。

過了這麼久，蘇啟恒早就不對「彥瑄徽還活著」這件事抱有期望。

蘇啟恒嘆了一口氣，他的手指再度飛快的敲打鍵盤，隨後播了通電話給陸修岳。

「陸警官，我把簡訊發給你了，麻煩你看一下有沒有什麼線索……好，謝謝你。」

匆匆掛掉電話後，他關掉筆電，此時擺在一邊的手機響起鈴聲，螢幕顯示了「伯母」二字。

「喂？彥阿姨？」他接起電話，電話的另一端是彥瑄徽的母親。

蘇啟恒與彥家的關係從小就很親密，特別是在蘇啟恒的父母因病離世後，他幾乎就像彥家的兒子，頗受關照。

自從彥瑄徽失蹤後，彥母和蘇啟恒的關係更加緊密，親如母子。

「抱歉阿姨，前陣子我有點忙，抽不出時間回家看看……但我最近有些時間，可以回去……嗯……對，我會買那家豬腳回去的，我知道您嘴饞了……嗯……好，一切都好，請您放心……」

說著說著，蘇啟恒原想要切斷電話，突然又像想起什麼似地說：「對了阿姨，我這次回家想邀一個在學校和我要好的朋友回去坐坐，您方便嗎？」

「真的嗎？那就太謝謝您了，那之後再聊，掰掰。」蘇啟恒掛掉電話，放下手機後站起身，踱步至房間的落地窗前，隔著窗戶玻璃仰頭凝望著從窗簾夾縫間勉強透進的夜色。

都市的光害嚴重，夜晚裡很少看到星星，但是今夜不知怎麼的，漆黑的天幕上綴滿著星子，散發微弱卻又耀眼的光，與人造燈光拚比。

蘇啟恒伸出手抵在窗戶上，墨黑的眼眸映照著自己投射在窗戶上的身影。

明明正值青壯年，他所散發的氣質卻像陳年已久的茶，古韻得宛如廟裡純粹的鐘聲，莊重老成。

為什麼會變成這樣呢？大概是五年前彥瑄徽離開後，他的心也跟著離開了吧。

「星星永不墜落嗎……真狂傲的言詞……」蘇啟恒淡然地說著。

星星怎麼可能永不墜落？

它們離地球幾萬光年遠，人們現在所瞻仰的樣子，不過是幾萬年前它們所呈現的片刻樣貌。

誰都不能確定那些星星現在是否還在，而星空居然如此妄言繁星永不墜落。

他輕笑了聲，天才不愧為天才，都是瘋子。

然而……

他回過頭，依舊笑容燦爛的彥瑄徽透過床頭櫃上的相框對他開心地伸出雙手。

身材高挑的男人握緊拳頭。

蘇啟恒勢必會找出那個狂妄的天才瘋子，然後……

將之，碎屍萬段。

✡

送走唐予捷一干人等後，陸修岳又坐在電腦桌前忙碌了好一會。

對他而言，這陣子發生的事情真的太多了。

六年前的Star案他雖然沒有參與，但是他和譽琮鎮的警察局長林祥伊是知交，於情於理他都會聽聞關於Star案的枝微末節。

對於Star案，陸修岳最初只覺得惋惜和遺憾，並且為星夜那個小女孩感到同情，然而當他知曉唐予捷就是星夜後，他更加地感到痛心。

到底是有什麼深仇大恨，會讓理應救死扶傷的醫生星空變成殺人不眨眼的罪犯？而這個罪犯甚至還想傷害自己唯一的親妹妹。

根據資料顯示，星空對於星夜的感情可是非常的濃厚啊。

陸修岳捏了捏眉心，輕輕吐了一口氣。

十二起失蹤案非同小可，倘若真的有所關連，如果不趕快把嫌犯抓獲，真不知道這個國家會變成怎樣。

天才與瘋子只有一線之隔，可是陸修岳覺得這兩者根本可以說是互通的，因為他們同樣孤獨與脫節，同樣的不在乎他人，只專注於自己所想的。

社會的秩序是透過「克己復禮」來維持穩定，若是被打亂，一切的平衡都會隨之消失。

唉，身處在大都市又和平世代的警局裡，陸修岳這次真的感覺到那種刑偵小說裡警方面對大案子的壓迫感。

「局長，您還不下班嗎？」一道嗓音將陸修岳的思緒拉回，陸修岳聞聲望去，是最初被指派保護唐予捷，和林曜煇同為搭檔的警官，吳陞叡。

「我還有點事情要忙，你先回家休息吧。」陸修岳記得吳陞叡才剛交班完，到明天早上七點，他都是休假狀態。

「辛苦了。」吳陞叡道：「這一次感覺真的鬧很大啊……」

「是啊，」陸修岳露出苦笑：「我們也得加把勁才行。」

他們縱使沒有唐予捷那般了解嫌犯以及聰明，可是他們是警察，保護人民是他們最基本的職責，也是他們做這份工作的初心。

即使失去生命，也必須要堅守自己的崗位。這是陸修岳在初任警察宣誓時所許下的諾言。

「我也是，至少要連同曜煇的分一起努力下去。」

聞言，陸修岳沉默了。

警察殉職，不是件罕見的事情，也不確定是否常見，但可以肯定的是，這是令人痛心的事實。

林曜煇和吳陞叡是同一間警校的學長學弟，更是同一時間調來白雨市的警察局，並且搭檔了好一段時間。

要說警局裡誰對林曜煇最感到不捨，莫過是吳陞叡。

陸修岳看著站在眼前的吳陞叡，對方的眼眶在昏暗燈光下顯得紅腫。

「曜煇他，真的很喜歡警察這份工作，我……雖身為他的學長，卻常是被鼓勵的那一方，跟他一起工作出任務，那種對於警察最原始的熱情就永遠不會熄滅……」

「我們……曾經約定過，如果其中一方哪天不小心殉職，另一個人一定要連著他的份一起努力地完成任務……」吳陸叡看著陸修岳，勾起一抹慘白的笑容：「局長，雖然我們平時老把死死死掛在嘴邊，表現的一副看透生死的樣子，但真的遇上了，那種感覺……根本就不是我們所能承受的。」

陸修岳站起身，走向吳陸叡，伸手拍了拍他顫抖的肩膀。

「我能明白。」

吳陸叡身為警察，自是不會輕易表現自己的傷心和痛苦，儘管他語氣和身體都在顫抖，眼眶泛紅，他的身板仍是挺拔的如同松柏，彷彿沒有什麼可以打垮。

陸修岳知道，那是承擔亡友的使命，背負著傷痛和遺憾，繼續往前走的誓言。

警察便是這樣，平時可能會平安順遂的度過生活，但遇到了空前危機，依舊是第一時間衝向前線。

他們就是一群笨蛋，是將鮮血和生命拋諸出去的笨蛋。

以弱小的身軀抨擊莫大的罪惡，再也沒有人會比他們更傻了。

同一時間，在一處漆黑的房間裡，一抹修長的人影坐在椅子上，一雙長腿舒服的搭在桌子上，手裡拿著一只玻璃杯，漫不經心地搖晃著。

厚重的窗簾遮蔽了大部分的光線，加上房間沒開燈，那人的面容隱藏在黑暗中，只能依稀看見他戴著一副細框眼鏡。

「叩」一聲，那人將玻璃杯放在桌上，清脆的聲音充斥在房間裡。

「嗯……情況終於有點有趣。」他喃喃道，聲音幾乎要融進空間中。

「小夜，妳終於往我所想要的方向走去了，妳真是調皮，明明就可以趕快到這一步，非得要拖這麼久。」

「不過，只要妳開心就好，妳想做的事情，我都會陪妳一起做。為了激勵妳，哥哥決定再送妳一份禮物。」人影的聲音注入了愉悅，甚至可以看到模糊的笑容掛在嘴邊。

他伸手撈過放在桌上的智慧型手錶，輕輕按了幾下鍵。

「這樣就好了。」那人心滿意足的喟嘆聲，用手托著下頷繼續喃喃自語道：「小夜，等我們相見後，來玩一盤西洋棋吧。」

「筱令說妳是將死我的棋子，我想要看看這到底是不是事實。」

「雖然我和筱令都是輸不起的個性，但若敗在真正天才如妳的手中，那我也會輸得心服口服喔。」

「所以……妳趕快來找我吧，小夜。」
我是真的，很期待再與妳相逢。

第二十章

唐予捷猛地睜開眼睛，整個人從床上彈了起來。

她全身都是冷汗，臉色唰的慘白，抓著棉被的手不斷顫抖。

「予捷？妳醒來了嗎？」還未從極度驚恐的狀態下恢復，甫一聽見聲響，唐予捷身體一震，不小心揮到床頭櫃放的玻璃杯，杯子砸在地上應聲碎裂，發出清脆的聲音。

「予捷！妳怎麼了?!」這一次，唐予捷總算辨認出那是筱戀的聲音，可是處於極大驚嚇的她還無法開口說話，只能呆呆地看著門口不斷地顫抖。

門外的筱戀見裡面不回應，她也不想再乾等下去，直接說了一句「我進房間」後便拉開房門。映入眼簾的，是一雙空洞且充滿驚恐的眼眸，還有一地的碎玻璃。

筱戀衝到唐予捷面前，確認對方沒一絲傷損後，伸出雙手輕輕將唐予捷抱在懷裡。

「予捷，我在。」

筱戀沒有多問唐予捷怎麼了，她只想告訴她，有人陪在她身邊。

沒過多久，筱戀感覺唐予捷小力的抓住筱戀的袖子，小心得像是害怕眼前的人是虛假的。

筱戀感到心痛，在唐予捷坦白自己就是星夜之前，她從未表現出如此脆弱無助的模樣。

可是現在……那晚她承認自己的身分後，身邊那堅固的防護彷彿在一夕之間被擊碎，裡面那徬徨不安的小女孩只能無措地看著外頭危機四伏的世界。

她在不給唐予捷負擔的前提下，加深擁抱的力道。

「筱戀……」良久，唐予捷的聲音悶悶地傳來。

筱戀拍了拍她的背脊。

「筱戀……現在幾點了？」半晌，唐予捷開口問。

「嗯……凌晨兩點零五分。」筱戀答道，她低頭看著埋在她懷裡的唐予捷，輕聲地說：「予捷，如果妳想要的話……我留在這裡陪妳。」

唐予捷總算抬起頭，那雙充斥著溼潤的眼眸恍若一泓池水。

「可以嗎……妳都沒有休息，還要妳來照顧我……」唐予捷小聲地呢喃著。

「我沒事的，只要妳好我都好。」筱戀安撫道：「我不是說過了嗎？我會留在妳身邊的。」

唐予捷沉默片刻，伸出手抱住筱戀：「對不起……謝謝妳……」

說到最後，筱戀聽見唐予捷的聲音染上了哽咽，音量越來越小，最終消失不見，取而代之的是感覺到衣服上的溼意。

筱戀輕輕拍著唐予捷的背脊，直到對方的身體鬆懈下來，呼吸放緩。

「我不想睡了……我想趕快找到線索。」唐予捷小聲地說著。

「好，那我來幫妳。」

確認唐予捷的心情穩定下來後，筱戀和唐予捷一併來到書桌前。

唐予捷的書桌桌面上散落著一堆關於失蹤案的報告，筱戀拿起上頭寫著彥瑄徽失蹤案的資料夾，把報告抽出來，仔細閱讀起來。

她不了解星家的愛恨糾葛，她只是想幫助唐予捷，她不要再看到她所喜歡的人受到陰霾籠罩。

彥瑄徽，女，二十二歲，五年前七月於白雨市失蹤，最後身影被目擊在白雨商圈的地下街，失蹤時就讀西然大學資工系四年級。

蕭明脩，男，二十歲，五年前十二月於松燃市失蹤，最後身影被目擊在可慈市場，失蹤時就讀義笙大學中文系二年級。

盧志偉，男，二十五歲，四年前三月於離千市失蹤，最後身影被目擊在都市公園，失蹤時為該市郵政局公務員。

段遙遙，女，二十六歲，四年前五月於祿杳市失蹤，最後身影被目擊在地靈捷運站，失蹤時為該市藝術基金會的員工。

……

十二起失蹤案，與陸修岳所說的一樣，受害者之間沒有任何的關聯，唯一勉強有的共通點是除了彥瑄徽之外，其餘失蹤者身邊的親人在失蹤者失蹤前夕都收到用失蹤者手機發送的簡訊，內容皆不相同，有的是想要離家打拼，有的是說要在朋友家住上幾天，有的說是公司連夜加班，有的是說學校忙不回家。

然後他們就理所應當地失去聯繫。

當然，這些簡訊是否真由失蹤者本人發送要打上一個巨大的問號。

若這些失蹤者皆是被星空抓走殺害，他的用意到底是想要做什麼？

為什麼唯獨彥瑄徽不同呢？

筱戀抵著下頷，再度細細審視著那張複印所有簡訊的內容，再將視線擺到了蘇啟恒所收到的簡訊上。

繁星永不墜落，這是六年前Star案受害者星苡令和蘇綰悅被發現時所留下的字跡。

那兩個人……是予捷的父母親……

筱戀手指微微收緊。

她的餘光瞥向正整理資訊的唐予捷，對方的臉龐縱使還沾著淚痕，但她的雙眸早已回歸平時的冷靜和理智，彷彿幾分鐘前哭泣的人不是她。

這樣的情緒控管熟練地讓人心痛。

筱戀之前修過短期的法醫培訓，時間恰好就在六年前。當時她的老師曾拿Star案的遺體當作教材。根據老師所言，蘇綰悅和星筎令的死因是斷肢造成的失血過多，並且進一步推斷，當他們被兇手硬生生肢解時，兩人都還活著，特別是星筎令應該是處於意識還算清醒，但重傷無法動彈的狀態。

這段短期培訓的經歷，筱戀曾在高中的宿舍裡和唐予捷分享，現在的她根本不敢想，那時的唐予捷到底是抱持什麼樣的心情？

此時此刻的她，真的好想衝回過去，叫那個無知愚蠢的自己閉嘴。

筱戀深呼吸了口氣，強迫自己冷靜下來，嘗試從這些亂無章法的零碎線索中抽絲剝繭。

事已至此，她不該再去悔恨那些已經鑄成的過錯。

失蹤者家屬報案的日期、失蹤者發送簡訊或電話的時間還有定位、失蹤者最後被目擊的地方……

嗯？筱戀皺了皺眉，她突然發現一個很奇怪的點。

失蹤者被看見最後身影的位置，好像有某種規律性。

「予捷，」筱戀喚道。

「嗯？」埋首資料的唐予捷聞聲望去。

「妳過來看一下，我覺得他們最後被目擊的位置有點詭異。」

筱戀皺起眉，她打開自己的筆電叫出一個3D繪圖的軟體，灌進全國的立體街景地圖，把那些地點的確切高度標了出來，再縮小比例。

捷運站、地下街，離地平面約負九公尺。

西大地下二樓停車場，離地平面約負六公尺。

都市公園、可慈市場，離地平面零公尺。

四萬高中禮堂，離地平面約有三公尺高。

觀光打卡景點萬LOVE聚集，琉璃博物館，離地平面有六公尺高。

鐘籐寺、西山民宿，坐落於半山腰之中。

愛心瞭望臺高度夾在西山民宿和琉璃博物館之間。

以及，百川大樓第二十層樓。

十二個點縱使看起來凌亂不已，但若從俯視六十度角看下去，它們之間竟巧妙的有了關係。

筱戀將十二個點連接在一起，並同時轉動視角，最後其中一個角相當尖長的六角星，頭重腳輕的亙在螢幕上。

唐予捷微愣。

腦海裡，瞬間閃過了一段遙遠模糊的對話。

「小夜，別人畫星星都喜歡畫正正方方的五角形或是六角形，妳小時候畫星星總喜歡把其中一邊的角畫得特別的尖和長，這是有什麼用意嗎？」

「用意？沒有啊。」

「我只是不想要和大家一樣，就這樣而已。」

「那妳相信我嗎？」

「我當然相信你。」

「無論我做什麼，妳都相信我會成功，並且無條件支持我嗎？」

「嗯，因為你是星空，是我的哥哥，所以我一定會全力支持相信你的。」

「予捷，星星對於星空是一個獨特的標誌，對嗎？」筱戀的嗓音將唐予捷的思緒拉回：「可是光從這點還無法證明這十二起失蹤案就是星空做的。」

「有。」唐予捷盯著電腦螢幕，輕聲地說。

「什麼？」

唐予捷伸出手指，道：「哥哥非常非常想要讓我趕快依循線索找到他，他的急切根本像是想要玩尋寶遊戲的小孩。可是他又不甘流於世俗，這樣自傲又愛現的人，若要將普通人睥睨於眼下嘲笑他們的無能為力，他又會怎麼做？」

唐予捷的手指移到了發送簡訊的時間：「捨棄一定的常理，製作出他和星夜之間的通關密語。」

「而這個通關密語，他不會藏得很深，可是不會輕易察覺到。」

「我這幾天仔細查過了，十二起失蹤案的共通點，不是發的簡訊，而是簡訊發送的時間。」

「時間？」筱戀皺眉：「時間不是都不一樣嗎？」

「是不一樣沒錯，但若將之擺上時鐘，他們的時間都會出現一個角度。這十二起失蹤案，就屬彥瑄徽的案件最為特別，她的時間最早，簡訊發送的模式也不一樣，更重要的一點，是她簡訊發送的時間呈現出的角度，正好是六十度角，所以將它做為起點。」

她所做的，被星空編製的夢，兩點整究竟是什麼意思。

唐予捷猜測是角度的意義。

因為六十度，是正六角星的內角。

「小時候，哥哥就很常跟我玩空間扭曲還是折疊的邏輯思辨，他對這個『遊戲』很執著，因為我一次都沒有贏過他。」

「我以為這是唯一一個我贏不了他的『遊戲』，所以他常常拿這個來壓我，但現在看來……恐怕不是。」

那是什麼原因？筱戀很想問，可是唐予捷顯然沒有要說下去。

唐予捷湊近筆電，用滑鼠將白雨市點了出來，再滑向彥瑄徽被目擊的地點。

「藉由目擊地點作為基準，彥瑄徽發送的簡訊時間是下午兩點整，那分別以時針指向地下街和分針指向地下街來作圖，其他以此類推。」

這個推斷，若不是在電腦上進行，根本理不清，因為這跨越了三維度和二維度空間的界線，並且非常複雜。

他們完全是先假設這一切是由星空所做，藉著唐予捷對哥哥的理解去證明他們的推測是對的。客觀上來說，他們這樣做是大錯特錯。

但沒有辦法了。

當唐予捷畫完第三個六角星時，她整個人失神般地盯著電腦。

「予捷？」筱戀擔憂地看著她。

唐予捷沒有回應，只是看著這三個星星的重疊點。

那是整個國家東南方的位置，靠近他們國家東部的一條山脈。

她怎麼就沒想到呢？

她怎麼可能沒想到呢？

其中一角特別尖細的六角星，除了在眼前，在她被編好的夢裡早已出現無數多次……不，或許更早就出現了。

六年前，星筊令和蘇綰悅在發表「繁星似錦」的時候，方案所用的大LOGO是星空提議的，那個角特別尖長的六角星。

而四七八九，更是譽琮鎮為鎮上路燈所做的特殊編號，更正確地來說，那是正對星星實驗室大門的路燈編號。

星空想要展示給她的盛大禮物，在那座被炸得面目全非的星星實驗室裡。

那份大禮，就是星筊令和蘇綰悅拚命想要阻止，可是最終只能請託星夜終結，原屬於她父母親，但星空所想要竄改的「繁星似錦」。

她早該要想到了啊。

星空對於繁星似錦的不滿和微詞，早就在六年前他們談心的那晚，就顯而易見了，不是嗎？

第二十一章

白雨市的市政府警局內，氣氛一片低迷緊繃。
這十二起的失蹤案終於立案成連環失蹤案，並且和Star案連接在一起。
一瞬間，罪犯七六五四成為全國通緝的通緝犯。
「予捷，妳真的想好了嗎？把這些事情串在一起，勢必要揭露星空尚未死亡的事實。」陸修岳望著她，道：「當初我們所想要隱藏的祕密，最後還是得說出來。」
對此，唐予捷只是靜默的點頭。
「既然如此，我知道了。」陸修岳捏著眉心道：「如果妳堅持，那我不能多說什麼，只是妳的身分太尷尬，我會盡量只讓白雨市和譽琮鎮的警隊知道這件事。」
唐予捷依舊點頭：「多謝。」
「看來妳已經做好決定了，那行。」陸修岳抓過桌上的資料夾道：「現在已經立案，妳要我們查的醫院遺體失蹤也正在進行，我們最大的目標就是找到罪犯七六五四以及那十二名失蹤者，對此，妳有什麼看法嗎？」

唐予捷垂眸看著資料，問道：「那根手指檢驗出來了嗎？」

「剛剛出爐，我請陞叡去拿了。」陸修岳看著唐予捷道：「感覺妳心中有答案。」

「我是有。」唐予捷道：「但如果沒有證據，我想你們很難相信。」

「陸警官，我拿回來了！」幾乎是接連下一秒，吳陞叡的聲音便傳進了警局。

「辛苦了，結果如何？」陸修岳站起身，接過資料。

「鑑識科的組員說他們這次進行更澈底的檢驗，最終在斷指處發現不屬於『星夜』的ＤＮＡ，是……」

「彥瑄徽。」吳陞叡和唐予捷異口同聲道。

陸修岳頓了頓，道：「予捷，這就是妳的答案？」

「嗯，」唐予捷點頭：「很荒唐吧？在一根手指上驗出兩個人的ＤＮＡ。」

「雖然我對生物沒有什麼概念，但聽起來是真的很荒謬。」吳陞叡點頭附和。

「我也是。」筱戀小聲咕噥。

「不瞞你們，起初我也覺得荒謬，但並不意外。」唐予捷盯著桌面上那份有關於彥瑄徽的資料，輕聲道：「在一個『活人』的身上創造一個『死人』的ＤＮＡ，這聽起來不是很厲害嗎？」

「逝去的生命復刻至另一具載體，永不消亡，這個生命的智慧能廣為流傳到每個人的身上。所有人都是精英，所有人都像星星一樣，散發耀眼無比的光芒。」

唐予捷抬起眼看向在場的人們：「你們不覺得，非常符合『繁星永不墜落』這句話嗎？」

「他想要的是繁星似錦，而到底是什麼樣的星星才會得到他的認可呢？」

我答應妳，要給妳一份瑰麗的驚喜，只屬於妳「繁星似錦」的盛世。

唐予捷終於能明白，當年她哥哥對她說的這句話究竟代表什麼意思了。

✡

「繁星似錦」，是六年前星筑令和蘇綰悅尚未研發完成的研究名稱。

它是針對星狀細胞瘤進行一種治療方式，原理上為製造一種誘騙星形細胞瘤的「粒線體」進行細胞自殺。

這項研究若是成功發表，患有此症的病患就多了一絲澈底根絕疾病的希望，而這個實施對象，包含了普羅大眾。

可是星空不希望如此。

他所希望的繁星似錦，是將誘騙普通人的粒線體進行自我毀滅的酶以及他所視為「繁星」的細胞放進人體裡，等到原主原先的細胞一一死去，讓「繁星」細胞去接受這具原主，進而侵占一切。

這個版本的「繁星似錦」比原版本還要難上許多，加上六年前星�令的傑作，導致他花了很長很長的時間才完成他的理想。

然後，他要帶回他最親愛的妹妹，親手將這份理想獻給她。

星空支著下頷，依舊在昏暗的房間裡，面無表情地看著手機螢幕，喃喃自語：「為了救那些愚蠢無知的人類，你不惜犧牲自己的一切也要阻止我嗎？笒令。」

螢幕上是星笒令的照片，星空對著照片說話，就像在和他父親對談一樣。

「繁星似錦，能高掛在天空中的只有超群的繁星，而不是那些黯淡無光、毫無用處的星星，唯有不墜落，那才是星星所在的意義。」

「用一般的肉身去承接那些超群繁星的一切，才是它們存在的用意，否則，這些人根本一點用處沒有。」

「愚蠢、懦弱、無知、貪婪、卑劣，這些都讓我覺得噁心。」

「可是……沒關係，很快這些身體就會有新的生命，如此一來，所有人類都會是超群的繁星了。」

「這個世界上只容得下優秀的物種，人類該要進化了，不然會被淘汰的。」

說著，星空低低笑了起來：「他們會感謝我的，小夜也會感謝我的，我們不用再活在因為太優秀而被排斥的世界，我們會前往下一個里程碑，到時候……」

星空放下手機，整個人往後一仰，那雙望著天花板的眼眸閃過一絲瘋癲的光芒：「筱令，我會證明你從來都沒有贏過我的。」

✡

唐予捷和蘇啟恒一起走出警局，不約而同地望向天空。

今天的天氣很好，陽光耀眼不毒辣，微風和煦，空氣乾燥不潮溼，天空很藍，雲朵很白。

一切都像童話故事裡敘述的場景一樣，單純美好。

可是現實生活永遠不會像給小朋友的童話故事那般。

純淨的外表包裹隱藏所有的醜陋不堪，潛伏在人類的腳底下，等待反撲的時機。

「啟恒，對不起。」倏然，唐予捷輕聲道。

蘇啟恒頓了頓，回頭看向唐予捷。

唐予捷說：「我的哥哥……傷害了彥小姐。」

蘇啟恒的臉色在得知手指驗出彥瑄徽的ＤＮＡ，又進一步聽到唐予捷對星空版的「繁星似錦」的猜測後，就一直蒼白如紙。

這五年蘇啟恒從未放棄尋找彥瑄徽，今天的答案就像在赤裸裸地告訴他，他的青梅竹馬已經死了，被星空殺死了。

為了他荒腔走板陷入瘋魔的空想。

「予捷，其實啊……瑄徽和我的關係，並不是很好。」蘇啟恒輕聲地說著：「不只是我，她與彥阿姨的感情在她失蹤前，是達到一個非常緊繃的關係。」

「瑄徽的本性不壞，只是嚮往外頭的世界和風景，但是她又太過天真單純，我和彥阿姨都想要好好保護她，所以常常限制這限制那，造成她對我們的反感。」

「可是……我知道，她是很喜歡我們的，而我……也非常喜歡她……我的願望就只是希望她好好的……但是現在看來，這也無法實現了……」

蘇啟恒看著沉默不語的唐予捷，伸出手搭住她的肩膀：「予捷，我承認我很難過聽到瑄徽亡故的消息，我也承認我非常怨恨星空，可是，我不會遷怒於妳，妳是無辜的。」

「是嗎？」唐予捷仰頭看著蘇啟恒，墨黑的眼眸映照出陽光，她道：「我和星空是親兄妹，我們留著相同的血液，在這個世界上，我和他是最親近的人，你難道真的不會恨我嗎？」

蘇啟恒笑了起來：「留有相同的血脈，也不一定會擁有相同的感情啊，我何必把你們兩個人混為一談呢？」

唐予捷扯了扯嘴角：「謝謝你如此理智。」

「予捷，我和妳認識四年，我自認挺了解妳的，我相信妳和妳哥哥是不相同的人。」蘇啟恒垂下眼，道：「但是我也相信，妳絕對能夠找到妳哥哥，以及他所想要贈送給妳的禮物。」

聞言，唐予捷眨了眨眼，回望著蘇啟恒，對方朝著她露出一抹溫煦的笑容。

「嗯，謝謝你的鼓勵。」良久，唐予捷也跟著勾起微笑回道。

「那妳之後有什麼打算呢？」蘇啟恒問。

「我想先去調查彥小姐，她和其他十一件失蹤案太不相同，哥哥會選擇她一定有原因，我雖然知道他想做什麼，但是具體還是不清楚……所以想先從彥小姐那裡下手，看看有什麼線索。」

唐予捷手指抵著下巴，偏頭看向蘇啟恒：「你有想法嗎？」

蘇啟恒沉吟了片刻，道：「我下禮拜四會回去探望彥阿姨，妳……要一起去嗎？瑄徽的東西我和阿姨都沒有動過，那裡說不定有什麼能夠找出瑄徽當年究竟想做什麼。」

「好啊。」

「那就先這樣，到時見。」蘇啟恒瞥見從不遠處走來的筱戀，溫聲道別後便離開了。

唐予捷默默地望著蘇啟恒的身影，直到筱戀走至她的身邊。

「予捷，妳……還好嗎？」筱戀看著友人出神的模樣，擔憂地問著。

唐予捷收回視線，輕輕笑了起來：「我很好啊，怎麼這麼問？」

「可是……」筱戀蹙起眉，猶疑道：「妳剛剛……」

「沒事的。」唐予捷擺了擺手，要筱戀不必擔心。

「是嗎？那就好。」筱戀依舊覺得堵心，但既然唐予捷不說，她就不會去追問。

「走吧。」唐予捷低下頭，像是在看地上，實際上是在逃避筱戀。

唐予捷在隱瞞事情，就在那剛剛短短的時間裡。

離開警局後，她們沒有立刻回家，反而是漫無目的地在市區亂晃，最後買了飲料在公園的長椅上暫時休息。

兩人之間的寂靜被唐予捷率先打破：「筱戀。」

「嗯？」筱戀偏頭望向對方。

「我想爸爸了。」

筱戀微微一愣，沒有說話。

唐予捷今天穿著一件格紋外套，似乎是她的寶貝，在與她同住的這段時間，筱戀幾乎每天都看到唐予捷花上半小時在整理這件外套。

唐予捷凝視著前方一對父女親密的互動，父親寵愛的笑顏，女兒幸福的表情，她在他們身上，恍惚地看見多年前的自己。

蘇綰悅的性子比較冷，直到她們最後分別之時，她的母親才終於袒露自己對星夜的愛，在那之前，星夜一直都與星笣令較為親近。

可是，她卻連最後的道別都無法訴說，最終只得到她父母慘死的結局。

「我好想他們。」唐予捷低下頭，很平淡地說著：「可是這六年來，我沒有回去見過他們，我根本就不敢接近譽琮鎮。」

「予捷，」沉默許久，筱戀握住對方冰涼的掌心。

唐予捷望向筱戀。

「等結束之後，我陪妳去看看妳的父母親吧。」

「所以，我們要快點結束這件案子，就能去找他們了。」

唐予捷靜默了許久，最終點點頭：「好。」

她會盡快結束這荒唐的一切，切斷像是他們星家與生俱來的詛咒。

她可是星夜，沒有什麼是難不倒她的。

第二十二章

十九號晚上十二點，唐予捷和筱戀打完招呼後就回到自己的房間。

她著手收拾桌上散落的資料，然而在將近尾聲時停了下來。

壓在成堆紙張下的，是一張淺粉色的紙張。

唐予捷把壓在上頭的書本紙張移開，坐了下來，手指輕輕拂過那張粉色的紙。

禮讚翩然而至，盛開在耀眼璀璨的星海中

潘朵拉的盒子散放於原點，晨曦相望對半的合契誕辰日相約在時間星辰

世界之神終將降臨，虔誠者奉獻靈魂，無愧而亡

這是唐予捷在那天夢裡的線索，她用摩斯密碼破譯出來的「詩句」。

也是星空的提示。

其實一切都有了眉目，唐予捷也知道要什麼時候去領「禮物」，要想抓到星空，只要在領禮

物的那天在實驗室逮捕他就好了。

「但妳確定星空真的會在星星實驗室裡等妳嗎？他應該不可能會傻到待在那裡被抓吧？」向陸修岳確認十二起失蹤案為連環案件的那天，他們同樣也討論該如何抓捕星空的辦法。

「他不會在那裡等我。」唐予捷斬釘截鐵地說：「但他肯定會殺死除了我以外踏進星星實驗室的人。」

星星實驗室是屬於星家的財產，星空不會忍受普通人「汙染」他們的聖地。更重要的是，星空或許不只是想「殺掉」普通人，他需要的是更多的載體來完成他的「繁星似錦」。

所以，其他人絕對不能踏進星星實驗室。

「那妳要一個人進去嗎？」筱戀皺眉問道。

「這是必要的。」

「這怎麼可能！我們不能讓妳一個人去面對星空的！」陸修岳緊皺眉頭道。

唐予捷鎮定地說：「陸警官，比起保護我，你們有更重要的事情要做。」

她指向紙張上的字道：「哥哥預計給我禮物的日期是這個月的二十一號，也就是下個禮拜五，在這之前我會擬好一套計畫。」

「二十一號？妳怎麼知道的？」筱戀問道。

「晨曦相望對半的合契誕辰日相約在時間星辰。」唐予捷道：「他上面是要和我相約於滿月當晚，在星星實驗室裡。」

「予捷，這真的太危險了，不論如何，不論如何……」

「不論如何，哥哥不會殺我的。」唐予捷道：「你們就放心吧。」

「他不會害我的。」唐予捷扯出笑容：「我敢賭。」

而後，唐予捷這一個禮拜以筱戀的名義租借學校的實驗室，白天窩在實驗室搗鼓，晚上關在房間裡瘋狂研究。

一個禮拜過去，整個人憔悴不少。

回憶結束。

唐予捷將紙進包包裡，又打開自己的筆電，叫出了一個對話框，她思忖許久，最終雙手在鍵盤上飛快地敲打起來。

十來分鐘後，唐予捷盯著螢幕，輕輕吐了口氣。

她一直都是一個失職的人。

失職的女兒、失職的妹妹、失職的學生、失職的同學、失職的朋友。

至少讓她的生命裡，好歹能夠擔任一次成功的範例吧。

隔天早上七點，唐予捷和筱戀對坐在餐桌邊，默默吃著筱戀做的早餐。

唐予捷穿著白色上衣以及始終如一的格紋外套，下半身則穿著深藍色的牛仔短褲，褐色的長髮用電捲棒和髮捲以及定型噴霧劑細心捲出完美的弧度，近日蒼白的臉色更因為上了妝而掩去憔悴。

「妳等等就要出門了嗎？」筱戀問道。

「我要先去找陸警官說一些事情。」唐予捷平靜回道，小口咬下櫛瓜炒蛋。

「妳要跟他說……」筱戀偏偏頭。

唐予捷微微一笑，莫名帶了點俏皮的意味：「捕捉星空大作戰。」

「咦？」

唐予捷從包包裡拿了一個鼓鼓的牛皮紙袋遞給筱戀，說：「抱歉，我私心一直都不希望妳捲入這些事情，可是我若什麼都不告訴妳又對妳很不公平，所以我想妳有權知道。」

筱戀打開牛皮紙袋，翻看了下裡頭的東西，除了紙張還有一些奇怪的金屬儀器跟不明罐裝物。她瞄了眼白紙上的標題，娟秀的手寫字跡洋洋灑灑寫著「捕捉星空大作戰」。

「這就是妳之前說的計畫？那這些金屬儀器是妳這禮拜躲在實驗室裡弄的東西？」

「嗯，有些事情我不便多講，等妳看完就明白了。」唐予捷放下碗筷，握住筱戀的手：「對不起，即使我私心希望妳什麼都不知道，但依妳的個性，妳不可能撒手不管對吧。」

「予捷，我曾經承諾過妳的，我不會丟下妳不管。」筱戀望著唐予捷，堅定地說。

「那麼，」唐予捷低下頭，淡淡地說：「那十二件失蹤案，就拜託妳了。」

「還有，」唐予捷再度從包包裡掏出了一盒蛋糕，雙手遞給筱戀，誠摯地說：「這個東西，請妳務必收下。」

「這是我對妳的，唯一謝禮。」

✡

早上十點，公車站。

「予捷，抱歉久等了。」

唐予捷從手中的書籍抽開視線，轉而放向匆匆朝她跑來的蘇啟恒身上。

「沒事，我也才剛下公車而已。」唐予捷有禮的點頭致意，道：「我不請自來，不知是否妥當？」

「我有向彥阿姨說了會帶朋友來拜訪，」蘇啟恒猶豫了片刻，道：「我也和她說，妳會調查有關瑄徽的事情，彥阿姨她知道的。」

「是嗎？那就好。」

「走吧。」

一路上，兩人沒有說話，就這麼慢慢走向住宅區。

沒過多久，他們於一家兩層樓的宅邸前停下。

蘇啟恒上前按了門鈴，前來迎門的是一名中年婦女。

「彥阿姨，好久不見。」蘇啟恒有禮的打了招呼。

中年婦女揚起溫柔的笑容，她抬手給了蘇啟恒一個擁抱：「一陣子不見，你感覺又瘦了，是不是都沒好好照顧自己？今晚阿姨煮飯招待！」

「那我就不客氣了，剛好也想念阿姨的手藝呢。」蘇啟恒鬆開手，微微側過身，向對方介紹唐予捷：「阿姨，這是我向您提過的朋友，唐予捷，也是我的學妹。」

「您好。」唐予捷點頭道。

甫見到唐予捷，彥阿姨有些愣住，過了一會，她露出了一抹懷念摻雜著苦澀的笑：「好好，都進來吧。」

唐予捷默默的跟在蘇啟恒身後，踏進了彥家。

三人坐在客廳，一邊喝著彥阿姨泡的柚子茶，一邊有一搭沒一搭的話家常直至中午。

「那阿姨，我先去處理豬腳。」蘇啟恒站起身朝著彥阿姨道，並且給了唐予捷一個眼神。

待蘇啟恒離開後，客廳的氣氛變得有些詭異。

「予捷，能問妳今年多大嗎？」

唐予捷放下手中的杯子，沉聲道：「二十二歲。」

「二十二歲啊……」彥阿姨輕輕嘆息道：「那孩子離開我們的時候，也是二十二歲。」

唐予捷沉默了片刻，道：「對不起。」

「傻孩子，這又不是妳的錯，何必道歉呢？只是我作為無用母親的自怨自艾而已。」

無用母親……星筃令也曾說過，自己是無用的父親呢。

可是無用的父親用盡自己的生命，讓星空那荒唐的理想延宕了六年。

即使延宕六年，算上星筃令和蘇綰悅，依舊有十六個人亡去。

星筃令所做的事情有用嗎？她不知道。

可是唐予捷能夠肯定，若當年他們的父母親什麼也沒做，被星空害死的人或許就不只十六個人吧。

而星夜，也不可能成長到足以破解對星空盲目的崇拜。

因為星夜百分百信任哥哥，若不是父母親慘死在她哥哥手下，也許她現在早就變成哥哥的幫兇。

又或者，她早就是了。

「彥阿姨，能跟我說說關於令嬡的事情嗎？」唐予捷深呼吸口氣，將情緒放平，輕聲道：「即使挽救不了她的生命，但我向您保證，必定會帶她回家的，不讓她流落在外不得安息。」

彥阿姨怔怔地看著眼前氣質沉穩的不像是二十二歲的年輕大學生，半晌後露出笑容：「謝謝妳。」

「我們家的瑄徽，就拜託妳了。」

吃過午餐，蘇啟恒和唐予捷提出想要調查彥瑄徽的線索，剛好彥阿姨需要處理一些事情，便開放讓他們在屋子裡晃。

「阿姨很信任你呢。」唐予捷一邊望著櫥櫃上的照片，一邊說道。

「我和阿姨情同母子，瑄徽離開後，我們都是彼此的依靠。」

「看得出來。」櫥櫃上的每幀照片裡總能看到三個人的身影，感情融洽的恍若一家人。

「你對於彥阿姨和彥小姐，真的如同親生兒子和哥哥。彥阿姨和我說，你非常照顧保護瑄徽。」

「瑄徽從小失去父親很沒安全感，我的父母親也在我很小的時候就病故，我能理解那種失去家人的孤單感。」

「兩個孤單的靈魂可以互相理解對方的傷痛。」唐予捷沒有什麼神情：「但感覺彥小姐是挺彆扭的人。」她的視線從櫥櫃瞥向蘇啟恒：「她總是對你的關心感到尷尬，可是其實她也是相當在乎你的吧？」

蘇啟恒勾起思念的笑容：「嗯，我可以感受得到。」

唐予捷眨了眨眼，半晌後看向玄關旁的傘架。

她開口道：「彥小姐失蹤那天，有帶雨傘嗎？」

「雨傘？為什麼這麼問？」

「我記得彥小姐失蹤的那陣子常常下雨，想要確認一下。」

「嗯……根據彥阿姨所言，是沒有的。」

「是嗎？以一般人來說，就算當天沒下雨，出門還是會習慣帶傘吧。」

「有可能瑄徽認為她只出去一下下？」

「當天彥小姐可是精心打扮，不像她只打算要出去一下。」唐予捷偏了偏頭，道：「我姑且猜測一下，有沒有可能彥小姐沒有自己帶傘的習慣呢？」

蘇啟恒頓了頓，道：「她確實沒有自己帶傘的習慣，每次都是我和阿姨提醒她或者幫她帶好。」

「是嗎？你們對她真是體貼入微。」唐予捷的聲音淡淡的，沒有什麼情緒。

「予捷，妳……還好嗎？」蘇啟恒敏銳的感知唐予捷的情緒有些微的波動，以及平靜裡的壓抑，他關心道。

唐予捷搖搖頭：「我沒事，只是……突然想起我小時候的事情。」

「以前，我也總是受到家人們無微不至的關照，那時我總認為是理所當然的，但是現在我也只能懷念從前而已。」

蘇啟恒愣了愣，良久他抬起手，輕輕拍了拍唐予捷的肩膀。

「我沒事。」唐予捷用手擦了擦眼睛，道：「我能去彥小姐的房間嗎？」

「可以的，我帶妳去。」

「多謝。」

兩人踏上長長的階梯前往二樓，蘇啟恒開口：「予捷，妳等等有什麼打算嗎？」

「今天結束後，我會直接去譽琮鎮。」

「譽琮鎮？那陸警官他們……不陪妳嗎？就算妳說只有妳能進去實驗室。」蘇啟恒皺起眉，對這個提議頗為不贊同：「妳應該也不知道實驗室變成怎樣，這樣一個人去好嗎？」

唐予捷道：「這是唯一一個能夠不傷害到別人引出哥哥的辦法。陸警官他們的首要目標，除了抓到我的哥哥之外，還有找尋那十二名受害者。」

「妳知道他們在哪裡了嗎？」蘇啟恒有些驚訝地問。

「嗯。」唐予捷點點頭：「潘朵拉的盒子散放於原點，潘朵拉的盒子中唯一留下的就是『希望』，對於哥哥來說，他的希望是我和那十二名失蹤者，但希望的原點是我，而我存在的起點……」

唐予捷沒有說下去，不過兩人早已心照不宣。

蘇啟恒沉默片刻，道：「予捷，如果妳不介意，能不能讓我跟妳一起去？」

唐予捷聞言，愕然的看著蘇啟恒：「你知道那很危險的。」

「我知道。」

「我和哥哥之間的資訊依舊不對等，儘管我有自信能夠保全自己，但也只有自己。」

「予捷，我比妳大耶，說什麼保全我這些話，讓我感覺很無地自容耶。」蘇啟恒勾起傷腦筋的笑容。

「對不起，我沒有那個意思。」唐予捷低下頭。

「我知道，妳不希望讓任何人再受傷。但是妳懂得吧？那種對於珍視之人的死亡，想要自己去解決的決心。」蘇啟恒微微曲身，道：「我發誓我不會給妳添亂，到時我會全程聽從妳的指令，所以予捷，妳能夠答應我的請求嗎？」

唐予捷凝視著對方漆黑如墨的眼眸，半晌後，輕輕的點頭。

「好，我答應你。」

第二十三章

回到自己的故鄉是什麼樣的心情？

回到自己家破人亡的故鄉是什麼樣的心情？

唐予捷不知道。

她和蘇啟恒道別彥家之後，便連夜動身趕上了最後一班前往彎琮鎮的火車。

彎琮鎮離白雨市有十六個小時的車程，唐予捷在上車之後打了電話和陸修岳確認行程和計畫，又向筱巒報告自己身在何處，最後跟與自己不同車廂的蘇啟恒約定好下車的地點後，拔掉手機的網卡並將之丟出窗外。

網卡的重量很輕，加上火車的速度，她應該聽不見它落地的聲音。

可是……

唐予捷感覺自己的內心也跟著網卡的掉落而重重摔死了。

取而代之的，是名為「星夜」的靈魂。

越靠近彎琮鎮，她身為星夜的職責就越來越顯現出來。

當初星筱令幫她拖延了六年，讓她暫時從星家的罪惡中解放，事到如今，她終究還是得重拾自己真正的身分，了結由星家製造出來的罪惡。

唐予捷把自己放倒在柔軟的絨布椅背上，閉上雙眼。

好累哦。

她明明只有二十二歲，為什麼感覺像是活了一個世紀那麼久？

明明從晶片事件到現在不到半年的時間，為什麼感覺像是過了一輩子？

她好累哦。

可是她無法向任何人訴說自己的苦，因為這份苦痛的源頭，來自於她自己。

她年幼時無條件的支持和信任，是這一切災禍的源頭。

她怨不得別人。

「轟隆、轟隆、轟隆」火車輪子滾過鐵軌發出的巨大聲響伴隨著搖搖晃晃顛簸的路程，慢慢的將唐予捷帶向另一個世界。

好累哦，在解決事情前，她還是先睡一下吧。

儘管她知道，自己早就失去能安穩入睡的資格了。

二十一號早上十一點，礐琮鎮火車站。

唐予捷背著包包穿過閘門口，一眼就看見手上拿著食物的蘇啟恒。

「辛苦了，給。」

「謝謝。」唐予捷接過飯糰和抹茶拿鐵，輕聲道。

「沒事。」蘇啟恒回答，緊接又問：「那現在的情況是……？」

「陸警官他們已經抵達目的了，目前在疏散民眾，不過是以演練的名義，警方不希望把平民捲進來。」

「他們預計會在早上十點開始搜索，至於我們要等陸警官那裡處理好，再進實驗室，不過應該也要晚上了。」

唐予捷抿了抿唇，道：「對不起，啟恒，雖然這樣說很失禮，但是現在能請你陪我去幾個地方嗎？」

「反正離晚上還有時間，妳想去哪呢？」蘇啟恒偏頭問道。

唐予捷抬起頭，瞇起眼看著從樹枝中穿透的陽光：「六年前離開譽琮鎮後，我就再也沒回來過，我想去看看我以前生活過的痕跡。」

學校、公園、街道、山坡。

譽琮鎮每個地方，都有著星夜留下的足跡。

她想要沿著那些足跡，再一次瀏覽屬於星夜的生活。

「好啊，那我們就走吧。」

✡

二十一號，晚上七點。

「報告，在屋子東南方牆角挖到第十一具遺骸已確認身分，是蕭明脩，完畢。」對講機裡傳來吳陸叡的聲音，夾雜著特有的沙沙聲。

他們事先準備了十二名失蹤者的ＤＮＡ樣本，如此一來便能在極短時間裡檢驗出遺體身分。

「收到。」陸修岳回答，他喃喃道：「接下來就剩下彥瑄徽了。」

陸修岳將面具稍稍掀起，瞇起眼仰望著這棟沐浴在陽光中破敗的宅邸。

六年前，這是世界級頂尖生物學家的私人住處，是唐予捷以前的家。

六年後，它成為了埋藏至少十一具遺體的廢墟。

在跟著前來的鑑識科人員的努力下，可以確認他們今天挖出的十具遺體，就是那些未解失蹤案的受害者。

這十具遺體保存的很完好，可以看出泡在福馬林很久，在入土後還特意使用真空狀態，不讓遺體受到損害。

可是保存的很好，不代表他們是完好無缺的。

這十具遺體除了臉部被刻意毀損之外，各自缺少不同的身體部位，看起來是有意為之的，因為缺口完整，下刀毫無猶疑，足見下手者的技術十分精湛。

能做出這些事情的，陸修岳想，至少在他們國家裡，也只有星空一人了啊。

「修岳。」

陸修岳回過頭，是譽琮鎮的警察局長林祥伊。

「林局長。」陸修岳微微點頭致意道。

「我是真的沒有想到，Star案之後，不管是這間屋子，還是星家的人，依舊不得安寧。」林祥伊負著雙手至陸修岳的身邊，也仰頭望著眼前這棟曾受人景仰的屋子。

「當初筊令聯絡我，說他想要殺死自己的兒子時，我是真的嚇了一跳。」林祥伊淡淡道：「我認識筊令這麼多年，他是什麼人我再清楚不過，他怎麼可能會想要殺害自己的孩子。」

「可是那傢伙依舊什麼都不說，只是堅持自己要殺死星空。」

「後來我不耐煩，跟他說要殺人好歹拿出證據來證明。我原以為這就能唬過他，沒想到他居然弄了後面那一齣。」林祥伊乾笑了聲：「這樣看來，是不是我害了他們呢？」

「害死他們的不是你，林局長。」陸修岳輕嘆了口氣：「是他們對世界，以及世界對他們的不理解。」

「或許吧，但誰不是這樣？」林祥伊偏了偏頭，道：「誰也不可能全然理解世界，即使是天才也一樣，可是為什麼其他人不會做出這些事呢？」

「因為普通人有更多的事情需要煩惱，光是忙著追求他們的理想就已經足夠忙碌，根本沒有餘裕去思考。」陸修岳道。

「所以啊，這個世界的運作對天才，對他們而言太過無趣，也太過殘忍。誰都不想要去體諒別人，但是對於少數的人，他們只能跟隨著主流的價值，隱藏他們的才華和想法。」

「在這個世界上，誰不是在忍耐和隱藏？」陸修岳往前走了幾步：「世界就這麼殘忍，適者生存，不適者淘汰，不會因為你比較特別就優待你的。」

林祥伊嘆了口氣，無奈道：「或許就像你說的吧，他們本來就是星星，不該存留在地球上。」

「不可一世的星星有了牽掛，也能留在地球上的。」陸修岳看向一邊正在努力幫忙警察的筱戀，意有所指地說。

「修岳，你有想過為什麼彥瑄徽是特別嗎？」林祥伊問道。

陸修岳頓了頓，他道：「我也在思考，予捷昨天在電話裡跟我說她知道了，雖然我不是很確定，但我覺得和蘇啟恒先生有關。」

「其他十一名失蹤者的簡訊都是發給親人，為何唯獨彥瑄徽的簡訊是發給蘇啟恒？一個情同兄妹可是並非血親的人，就算是說感情深厚好了，段遙遙和家人感情也不是很親，她也有一個十分要好的朋友，但是收到簡訊的依舊是段遙遙的妹妹。」

「或許是彥瑄徽和星夜很像？」林祥伊猜測：「星空對星夜的執著是可見一斑的。」

「這方面我也還沒理清，但予捷似乎沒打算告訴我，總之現在我們的任務是要找出彥瑄徽的遺體，然後根據予捷那個『捕捉星空大作戰』的計畫逮捕星空。」陸修岳皺眉道。

「修岳，雖然這可能是我的猜測，但是我總覺得予捷她知道星空『在哪裡』。」

「在哪裡？你是指……」陸修岳未竟的話在下一秒被打斷。

「陸警官，在屋子西南方發現一具遺體。」

「林警官，在屋子東北方發現一具遺體。」

兩道聲音從不同的對講機同時傳來。

林祥伊和陸修岳對望一眼，發現兩人的眼底都有著相同的情緒。

「收到，進行身分確認。」

下一秒，他們不約而同地對著對講機說出一樣的語句。

「第十三具遺體？」林祥伊挑了挑眉。

陸修岳回想起昨晚唐予捷的話：如果陸警官您處理好了，還是發現什麼問題，便打電話給我吧。

「看來，予捷的確有事情隱瞞我們呢。」陸修岳再度望向筱戀：「這一次，她真的誰都瞞著。」

☆

二十一號傍晚，山坡上。

走了一整天的唐予捷和蘇啟恒隔著一小段距離坐在草地上，抱著腿望仰頭望著滿天繁星。

「這裡的星星好亮啊，和白雨市很不一樣呢。」蘇啟恒輕聲地讚嘆著。

「嗯，小時候我和哥哥常跑來這裡看星星。」唐予捷墨黑的眼底映照著耀眼繁星，將那雙深不見底的眼眸裝飾的璀璨如同星河，她的嘴角微微勾起，道：「這裡算是我們兩個的祕密基地，幸好六年過後它還存在。」

「託妳的福，我才能看見這麼漂亮的夜景，白雨市的光害很嚴重，根本看不到這麼多的星星。」蘇啟恒道。

唐予捷微微低頭，道：「我才要謝謝你，今天願意跟我跑那麼多地方。對不起，明明就知道你心懸著案件，我還拉你亂跑。」

蘇啟恒搖搖頭：「這是我願意的，況且這本來就是我硬跟著妳來的，當然是以妳的想法為優先。」

唐予捷沉默了片刻，說：「我……其實一直都不敢去回憶以前的生活，可是直到真正回到譽琮鎮，那些被刻意壓抑的記憶依舊鮮明，所以我不想再特意去遺忘，總而言之，我真的很感謝你今天的陪伴。」

語畢，她又仰起頭，望著被星星環繞的滿月：「今天的夜景是真的很美，很適合做為我回憶過往的收尾。」

銀冷的月色撒在唐予捷精緻的面容上，顯得有些不食人間煙火的出塵飄渺感。

蘇啟恒被她的模樣愣了三秒鐘。

他似乎在眼前的女孩身上，看見另一個人的影子。

是誰的？

蘇啟恒的腦海裡閃過一張燦爛笑靨的臉龐，他想去捕捉，可是那畫面一閃而逝。

與此同時，一道清脆的手機鈴聲劃過寧靜的山嵐。

唐予捷輕吐了口氣，詢問似的對蘇啟恒說：「我接個電話？」

蘇啟恒眨了眨眼，道：「好的。」

得到首肯後，唐予捷接起了電話：「是陸警官嗎？」

「予捷，我們應妳的要求在妳以前的家裡，發現十一名失蹤者，原本以為只要找到彥瑄徽就能收手定案。但是現在我們找到兩具遺體。」

「缺手的是彥小姐，另一具遺體，應該是完好無損的對嗎？」唐予捷一手撐在身後，一手拿著手機，雙腳打直，姿態頗為放鬆的望著天空。

「我們在對比，不過遺體狀態確實和妳說的沒錯，予捷，妳是知道第十三具遺體的身分，對嗎？」陸修岳的聲音注入了緊繃。

「對啊。」唐予捷依舊看著天空，語帶輕鬆甚至有著笑意：「第十三具遺體的身分，就是和彥瑄徽情同兄妹的蘇啟恒。」

說著，唐予捷側過頭望著她身邊的人，眼底的笑意溢滿出來，牽動她的嘴角：「我說的對吧？星、空、哥、哥。」

第二十四章

夜晚的山嵐很安靜，只有微風徐徐吹過。

唐予捷依舊在和陸修岳通話：「陸警官，筱戀在您那裡對嗎？」

「……對。」另一端的陸修岳愣是過了好一會才答道。

「確認完彥小姐的身分後，先不要動那十二具遺體。然後，能請筱戀聽個電話嗎？」唐予捷的聲音非常冷靜理智，彷彿早先對身邊的人笑著喊出「星空哥哥」的不是她。

對話另一頭陷入了一片嘈雜。

沒過多久，筱戀焦急的聲音竄入她的耳裡：「予捷！妳沒事吧？妳現在還好嗎？妳……」

「如果我現在怎樣，應該也不能和妳打電話了不是嗎？」唐予捷失笑道：「我說過了，哥哥不會害我的。」

她一邊說著，一邊歪著頭看著星空，用唇語說道：「是吧？」

星空只是淡淡笑了起來，沒有回應。

「那妳……」

「筱戀，妳看過我給妳的那樣東西的說明書了嗎？」
「我……」
「看了嗎？」
「我看了，但……」
「妳會了對吧？」
「我會，可……」
「那其他事情就拜託妳了。」唐予捷語畢，不給筱戀任何反應迅速切斷電話，用力甩手將手機往山下砸去。
「小夜可真無情啊。」星空輕聲地說，像「以往」蘇啟恒那樣伸出手，不過這次他不再拍她的肩膀，而是唐予捷的頭頂。
「至少比起哥哥，我應該算還好吧。」
「顏勳出的車禍，和你有關對嗎？」
「他是我的室友，非常的信任我，信任到把自己的命都丟了。」星空的聲音淡淡的，彷彿這只是無足輕重的話題。
唐予捷微微偏頭，說：「是嗎？不論是利用自己的病患，還是利用我的高中同學，你做的可是比我更絕情呢。」

「說的也是。」星空又笑了：「我很好奇，小夜妳是什麼時候發現我的呢？」
「很早之前。」
「小夜不要說謊。」
「好吧。」唐予捷聳聳肩：「至少是在晶片事件後。」
「小夜的玩笑真難懂。」星空站起身，朝著唐予捷再度伸出手：「小夜，要去看我送妳的禮物嗎？」
唐予捷將手搭在星空的手上，一如他們以前再熟悉不過的相處模式。
一路上，兩人沒有說話，就像他們剛剛爬上來的時候。
「沒想到，妳居然還記得這裡。」下山後，星空停下腳步，回望著他們走過的狹窄小徑。
「怎麼會忘記呢。」唐予捷說：「這是在我七歲生日的那天，哥你帶我來的呀。」
星空聞言，又笑了起來：「哥哥很感動，走吧。」
從山坡到星星實驗室的路程不遠，一路上沒有碰到任何人，安靜的彷彿世界上只剩下他們。
當那棟眼熟的實驗室再度躍入唐予捷的眼底時，她有一瞬間想哭的衝動。
她以為她再也沒有機會能夠再踏進星星實驗室了。
「利用六年前的爆炸案，將附近居民遷離，就能神不知鬼不覺把實驗室修復，哥你真厲害。」
「好說。」星空低下頭，凝視著唐予捷的臉：「小夜，妳變了呢。」

「變了？」唐予捷偏頭。

「明明是相同的容貌，卻是不一樣的人。」星空將臉上的眼鏡摘了下來，把原先完整覆蓋在額前的瀏海撥成中空，僅僅只是這樣做，他的神情與氣質已經毫無蘇啟恒的影子。

「就像我這樣，對吧？」

唐予捷沉默地看著星空，道：「嗯，而且你還比我厲害，畢竟沒有唐予捷這個人，而你必須要把蘇啟恒這個人演的維妙維肖。」

說著，唐予捷扯了一下嘴角：「我曾一度懷疑，蘇啟恒是不是你的第二人格。」

「不是哦，他是我的朋友。」

「結果你把人家的妹妹拐了，還搶走他的身分，有像你這樣的朋友嗎？」唐予捷淡淡地說著。

星空微微笑道：「就因為他是我的朋友，所以他最親愛的人才有幸成為我的實驗品啊。我原本想要賜予彥瑄徽一個新的人生呢，可惜她沒有這個命，這就不能怪我囉。」

「是這樣嗎？」唐予捷問：「難道不是因為彥瑄徽和我很像，都有著一個如此照顧珍視自己的哥哥，你在我身上得不到喜愛，就轉而將自己帶入蘇啟恒的身分嗎？」

「你看出彥瑄徽其實喜歡蘇啟恒但不自知，你羨慕他們，嫉妒他們，所以才取代蘇啟恒的身分？」

星空的臉色一滯，半晌他又露出了和煦的笑容：「不是那樣的，妳誤會我了，小夜。」

「是嗎？我誤會你了啊……」唐予捷低下頭，看著自己的鞋子。

星空再度摸了摸唐予捷的頭頂，說：「不要想那麼多，我們進去吧。」

星空說完，往前走去，過了幾秒發現唐予捷沒有跟上。他嘆了口氣，折返回來，握住唐予捷的手：「走吧。」

這一次，唐予捷乖乖地跟著他走向星星實驗室。

乍看之下，就像是溫柔的哥哥帶著鬧彆扭的妹妹回家。

星空推開了實驗室的門，映入唐予捷眼簾的，除了她所熟悉的器材和溶液，還有分外顯眼的東西。

嬰兒床。

唐予捷微愣。

「去看看吧。」星空輕推了推唐予捷的背，動作和語氣都是十分輕柔的，但唐予捷能夠感覺得到背後的威脅和不容質疑。

唐予捷猶豫了片刻，最終走上前。

當她的視線映入嬰兒床裡面的事物時，唐予捷的眼眸閃過一絲意外。

嬰兒床裡兩個小小的孩子擠靠在一起，約莫三四歲的年紀，更重要的是他們的面容，竟與她以及星空小時候一模一樣。

唐予捷回望著星空，語氣依舊是冷靜的：「他們是什麼？」

「他們，就是我們啊。」

星空笑了笑，道：「小夜，妳應該可以明白的。這兩個孩子就是我的『繁星似錦』，他們延續了我們的生命和智慧，他們的存在代表著人類的演進。」

「你用我們的細胞和遺傳物質『複製』了我們？」唐予捷眼中的那絲意外淡去，雙眸恢復平穩：「就像你嘗試想要將我們的細胞打入那十二個人的身體裡面，想要讓他們變成我們？」

「又或者是……你利用你病患的屍體，幫你製造了一個完美的假死？」

「對啊，我們是星星，他們是凡人，凡人若得到星星的智慧，就不會那麼的愚蠢無知了。」

「我試了很多次，總算成功了，那兩個『活著』的孩子，就代表著我們。」星空笑了一下，看起來對自己的成果很滿意：「小夜，我曾許諾過要帶給妳屬於妳的繁華盛世，我會給妳的，我一定會給妳的。」

「妳能明白我的意思對嗎？從以前到現在，只有妳能明白我的心意對嗎？只有妳是支持我的不是嗎？」

唐予捷看著星空，輕輕笑了起來：「所以你才讓我踏進這裡，不是嗎？如果換做別人呢？你會對他們如何？」

「小夜，只有我們才能稱得上『繁星』，其他人只要好好承接我們的基因，他們就會進化了。」

「所以這整間實驗室，其實是一個超級高濃度的基因包，對嗎？」唐予捷環顧著四周，道：「因為我們同屬於一支血緣，DNA相符，若換做其他人，這些散落在空中高密集帶有我們細胞和遺傳物質的細菌就會一次性滲透到他們的皮膚，讓他們當場『演化』，是嗎？」

「小夜很聰明呢。」星空露出欣慰的笑。

「是嗎？我不認為。」唐予捷吐了口氣：「如果我聰明，我應該要贊成你的計劃，因為這樣我就不會有溝通困難或是異類的困擾。可是哥，你有想過嗎？若所有人都有了如你天才般的智商，但都帶著各自的慾望，那世界會變成怎麼樣？」

「無論智商為何，人都有慾望，我只是提高他們實現慾望的可能，給了他們一條路，但要如何協調，那還是他們自己的事情。」

「就像創世神一樣只給了所有生靈選擇，但真正握有選擇權的，終究是自己。」

「哥，你好理想化，和神一樣呢。」唐予捷道。

「給了人類進化的機會，這不就是神的職責嗎？」

「我聽說，神是全知全能的。」唐予捷伸出手，輕輕將那兩個孩子抱了出來，動作溫柔地宛如是他們的母親。

她的視線輕輕瞥向星空，輕聲地說：「那麼，以神自居的你，有預料到我到底做了什麼嗎？」

星空微愣。

「時間差不多了，」唐予捷側首看著手錶，輕聲道：「三、二、一。」隨著她的倒數結束，星空感覺到一陣天搖地動，他只來得及看見唐予捷抱著兩個孩子往前走了一大步，緊接著感知到巨大的爆炸聲從四面八方朝他撞擊過來。

第二十五章

星空只覺得一陣頭昏眼花，五臟六腑像移位似的發出劇痛，他被爆炸的衝擊力甩了出去，倒是沒有致命傷，但等到他的視線從瞬間暈眩產生的空白恢復過來時，他的眼前多了好幾道人影。

「不准動！」

幾名武警壓住星空，數把黑色的槍圍在他的身邊，譽琮鎮和白雨市的警隊團團包圍在這個罪大惡極的罪犯身邊。

「予捷！」筱戀慘白著一張臉衝到唐予捷的身邊，確認對方沒有一絲傷損後鬆了口氣。

「我就知道妳能做到，謝謝妳，筱戀。」唐予捷朝著對方微微笑道，接著把手上的孩子交給筱戀。

「這是……」筱戀愣愣地接過，疑惑道。

「這是哥哥送我的禮物，老實說，有點超出我的預期，不過也不枉我把你們帶來，他們可以得救了。」唐予捷道。

「什麼意思？予……」

筱戀話還沒說完，便看見唐予捷逕自往被包圍住的星空走去。

「陸警官，能讓我和他說一下話嗎？」唐予捷平靜地問著，可是筱戀總覺得對方那平靜的外表下是壓抑許久的火山，稍有不留意，就會隨時爆炸。

「予捷，妳已經幫我們太多了，剩下的就交給我們吧。」陸修岳微微皺起眉，有些擔心地勸著。

不只是筱戀，凡是和唐予捷有點交情的人都看得出來，她的精神狀況在一瞬間變得很差。她太平靜了，平靜到稍早那個笑得輕鬆歡快的唐予捷是幻象。

比起是找到星空後的鬆懈，筱戀更覺得像積壓許久的反彈。

從手指事件到現在，唐予捷背負的東西太多了，這一條條性命所積累起來的沉重一點一滴壓垮這個本就脆弱的女孩。

唐予捷搖搖頭：「不對，是警官你們幫我很多忙，若不是你們，那十二……十三個人也不會安息的，所以拜託你們，讓我和他說一下話吧。」

「修岳，答應她吧。」見陸修岳還在猶豫著，林祥伊道：「這是星家的事情，我們無法體會。」

「……那行。」陸修岳點頭，並示意其中一名警察貼身保護唐予捷。

唐予捷示意包圍星空的警察給她一點空間，不過並未要求其他人放下指著星空的槍，就這麼蹲了下來，與星空平視著。

「你弄清楚了嗎？星空哥哥。」

星空扯出一抹笑容：「綰悅的發明，我說的沒錯吧。」

唐予捷跟著淺淺笑了一下：「六年前，星星實驗室爆炸後的一小時，我們家也爆炸了，大家都說那是你做的。」

她頓了頓，朝著星空揚起一抹更甜的笑容：「但其實那是媽媽的傑作啊。」

「藉由相同內容物做媒介，如同蠱蟲的原理，藉以達成遠端操控。」唐予捷用頭虛虛指了一下筱戀：「我花了一星期改造出來的，多虧我的天才朋友，藉由裝置在我們家發現的遺體來引爆埋在這裡的部分身體，實驗室這個高濃度的基因包就會毀損，他們也就能進來了。」

「小夜，那妳又是怎麼知道，他們有些身體部分會埋在這裡呢？」

「希望的起點，比起意指家，我想你更認同實驗室吧？再加上你送我的手指禮物，所以我想，你大概是把失敗的實驗品中成功移植成我基因的身體部分切下，埋在你視為真正『希望』的地方。」唐予捷聳聳肩：「哥哥，我是天才嗎？」

「妳是，無庸置疑的。」星空看著唐予捷道。

「不是，我不是。」唐予捷搖搖頭：「這都是我的猜測，並不是百分百的預料。」

「所以我不是神哦。」唐予捷歪著頭看向星空：「星空哥哥，你也不是哦。」

「小夜，妳說什麼？」星空的臉色瞬間扭曲。

「剛剛在爆炸前，我說了什麼？」

星空愣愣。

「那麼，以神自居的你，有預料到我到底做了什麼嗎？」

那句話，跟六年前星筊令在他引爆炸彈前說的話，竟如此相似。

「神是全知全能的，祂不帶任何感情，星空哥哥，你真的做得到嗎？」

不等星空回答，唐予捷又搖了搖頭：「你做不到的。」

「沒有人能做到，因為我們都有私心。」

「我沒有私心，我純粹想要人類能夠演化，然而能作為繁星的人，只有星家。」星空緊緊盯著唐予捷，為自己的理想辯白。

「是嗎？」唐予捷看著星空，半晌突然笑起來：「可是我不是繁星啊。」

「我不是說過了嗎？我不是天才，因為我不理解你的想法。」唐予捷的聲音壓低：「還有一個祕密我想告訴你，就是能夠揭開這一切的人，並不是我唷。」

「看穿你所布下的六角星的那個人，不是我。」唐予捷望著星空，嘴角依舊扯著笑容：「是筱戀，是她看出你的設計，不是我。」

「就連使用那個儀器的人，也不是我。」

說著，唐予捷又笑了起來，與此同時她的眼淚跟著溢落眼眶。

「予捷！」陸修岳見情勢不對，想要上前拉開唐予捷不讓其再接觸星空，可是唐予捷快一步地說：「別靠近我，我沒事。」

「予捷！」筱戀見狀，也跟著擔憂地喊著唐予捷的名字，她手上還抱著兩個孩子不便靠近，只能在安全的地方呼喚朋友。

唐予捷深呼吸一口氣，她似乎是在強迫自己冷靜下來，道：「別靠近我，我沒事。」

陸修岳還想再說什麼，被林祥伊阻止。

唐予捷再度將視線放到星空身上，輕聲道：「你知道為什麼嗎？」

星空看著她，沒有回答。

唐予捷偏了偏頭，悽慘地笑著：「因為這事關乎到你，而你是我的家人，是我最喜歡的哥哥。」

「因為是你，所以我的判斷不準。」

「如果神是無私無慾的，那我不是，如果天才是絕對的聰明和理智，並且百分百的正確，那我也不是。」

唐予捷緊握著拳頭，眼眶泛紅，眼白盡是疲困的血絲，她的眼淚越掉越多，彷彿象徵她的理智和冷靜，也在一片片的崩解。

「我不是百分百的天才，我當不了繁星。在你的眼裡，當不成繁星的人就該容納繁星的基因並抹殺自己，所以，星空哥哥，你要抹煞我嗎？」

星空睜大眼睛，表情一片空白。

唐予捷看見他的模樣，笑容越發地燦爛：「爸爸說過，人之所以卑微弱小怯懦，是因為有所感情與畏懼，然而也是如此，人才有無限的可能。星空哥哥，你敢說你沒有感情嗎？如果你有，那你還配稱得上『神』嗎？」

「如果你是神，」唐予捷伸出手，拉起星空的手握著自己的頸子：「那你就掐死我，把你創造的，最純粹的繁星塞進我身體裡啊。」

「如果你做不到，那就證明你也只是一個凡人而已……或許只是一個狂妄自大的凡人而已。」

「予捷……」看著唐予捷那幾近挑釁的言語，筱戀的心湧上劇烈的不安。

與此同時，她放在口袋裡的手機震動了兩聲，顯示有人寄信給她，但她現在才管不了那個。

「星空哥哥，你的答案呢？」

星空的手在顫抖，他想要抽開手，但唐予捷箝制他的力氣出奇的大。

「小夜……」星空嘶啞的開口：「妳不要逼我……」

「不要逼你？」唐予捷笑道：「可是是誰逼我的？是誰逼我一定要來這裡？是誰逼我要背負那十九條性命的？不就是你嗎？」

「因為妳說妳支持我！」星空倏然地大吼了起來，他甩開唐予捷的禁錮，睚眥盡裂的衝著唐予捷大吼，歇斯底里地道：「是妳說妳無條件支持我信任我！是妳說無論如何都會陪在我身邊！所以我才要那樣做！因為這個世界上只有妳值得我這樣做！」

「我只是想要創造一個我們都能平凡安穩不再受到困擾的世界，但是這條路很難，所以在創造的路上總會犧牲一些人，這有什麼不對嗎！」

面對星空的大吼，唐予捷突然安靜了下來，她沒有回答，只是靜靜的看著對方，眼睫上掛著眼淚。

良久，她輕輕的開口道：「沒有不對。」

「沒有不對。」

唐予捷又重複了一次：「這件事情你沒有不對，該負起全責的人，是我才對，對，是我，是我錯了，都是我的錯……都是我的錯這樣你滿意了嗎！」

隨著那道崩潰的大喊，電光火石間，唐予捷飛快搶過一邊警察手上的槍，並且用大得驚人的力量推開對方，再以迅雷不及掩耳的速度朝著星空的額頭扣下扳機。

「予捷！」

「予捷不可以！」

「住手！」

即使離他們相近，訓練有素的警察也對這種超常展開措手不及，又或許在他們心裡，早已認定星空本該去死，所以限制身體的反應。

「砰」一聲，鮮血飛濺至唐予捷的臉頰，蒼白的臉色襯著鮮血，顯得更加突兀。

暴力、鮮豔、罪惡的紋路，張揚的刺在唐予捷那腐敗的靈魂上。

第二十六章

唐予捷淡然，或者說失神地望著瞬間被了結性命的親生哥哥，一動也不動，像是失去生命的雕像。

「予捷，星空死了，妳……先冷靜一點好不好？把槍給我，好嗎？」

打破凝滯空氣的，是陸修岳。

在他們見到星空之前，他們總認為星空是超級危險的「瘋子」，可是事實上，星空在真正面對唐予捷的時候，完全就是一個愛護妹妹的普通哥哥。

星空對唐予捷，真的沒有任何敵意。

但是唐予捷不是。

唐予捷對星空抱有濃烈的愛和恨，這份矛盾的感情促使唐予捷的精神和理智全然崩塌。

唐予捷緩慢地眨了眨眼，她一臉茫然地看著陸修岳，以無機質的聲音道：「他死了？」

「對，他死了，都結束了。所以妳把槍給我，好嗎？」陸修岳將聲音放緩，柔聲地勸誘。

「結束了？」唐予捷偏了偏頭，有些疑惑地重複著。

「沒有……還沒有結束。」唐予捷舉起手，看著手上的槍：「這是星家的詛咒，所以還沒有結束。」

她茫然地環顧四周，道：「星家的人，不該存在這個世界上，所以還沒有結束……」

「予捷！」筱戀的聲音強硬地打斷唐予捷的喃喃自語。

筱戀將孩子塞給一邊的警察，衝上前用力抱住唐予捷。

「予捷，妳還記得嗎？妳叫唐予捷，妳不是星家的人，妳姓唐！」筱戀用力地抱住唐予捷：「別把那些不是妳的罪孽承擔在自己身上，好嗎？」

唐予捷頓了頓，原先茫然的眼神在筱戀的擁抱下恢復清明，她伸出手，回抱筱戀的背脊：「對不起，筱戀。」

筱戀只是加大抱著她的力道。

唐予捷看了看死去的星空，又看了看周圍的警察，再看了看林祥伊和陸修岳，隨後勾起歉意的笑：「對不起，給您們添麻煩了。」

即使星空是該死之人，但是他終究得受到法治的裁決，而不是被人私刑。

「沒事的，予捷，我們會幫妳的。」陸修岳安撫道：「所以，先把槍給我，好嗎？」

唐予捷看著陸修岳，搖了搖頭。

然後，她將筱戀輕輕推開。

「予捷？」筱戀不解地看著唐予捷。
「筱戀，妳知道唐予捷這個名字，是誰取的嗎？」唐予捷輕聲地問道。
「我不知道……」筱戀不知道唐予捷的用意，下意識回答。
「是我的爸爸。」唐予捷輕聲地說著：「我爸爸在六年前實驗室爆炸時，曾經問了我哥哥『唐予捷這個名字好不好聽』，我想不只是名字，他應該也告訴他我會轉去哪所學校。」
筱戀微愣。
「我想妳也知道了吧？星空哥哥能裝成蘇啟恒待在我身邊，就是因為知道我的名字和身分。」
「我的爸爸很聰明，他不可能沒想到這一點，之所以會這樣做，原因只有一個。」
「就是他從來沒有想讓我擺脫這些罪責，他曾經對哥哥說，我是唯一能將死哥哥的棋子，現在，遊戲結束，作為棋子，我該被回收了。這就是我身為唐予捷唯一的職責，因為所有的起因，源自星夜對星空盲目的信任。」
「你們也聽到他剛剛說的，是我當時說的那些話，促使他走上那條不歸路。」
「那十九個人會死，說到底是我害的。」唐予捷慘然地笑了一下：「害死十九條命的罪孽太重了，活著若是一種贖罪，我也不願意。」
「予捷……妳……妳想做什麼？」
「我沒有想做什麼，我只是想要結束這一切而已。」唐予捷疲倦地笑道：「我好累啊，能讓我好好睡一下嗎？」

「予捷……」

「對不起，」唐予捷道：「我不是一個好人，我辜負了很多人的期待。」

「所以，我想留在這裡。」

「予捷，妳是星家唯一的血脈，如果離開了，就真的沒有人能夠再記得星家，那些對星家的流言蜚語也都會永遠落實不被推翻，即使如此，妳還是要這樣做嗎？」林祥伊皺起眉，嚴肅地問著。

唐予捷盯著他，輕聲道：「那些人說的沒錯啊，為什麼要推翻？星家本就是怪胎。」

「予捷……求求妳……不要這樣好不好？我們不是說好了嗎？明年還要一起回學校看老師的不是嗎？」

唐予捷愣愣地看著筱戀，半晌揚起慘然的笑容：「啊，我記得，我還記得，可是……我做不到了，對不起，我要失約了。」

「予捷……」

「不過筱戀，妳明年不會以失業身分去看老師。」唐予捷的笑多了點愉悅：「真是太好了。」

「予捷……妳在說什麼……？」

「前陣子我和那間招聘我的公司提出解約，然後向他們推薦妳，他們在招的職缺其實非常適合妳，比我還要適合。我想他們應該已經發面試邀約給妳了。」唐予捷勾了勾嘴角：「他們很看重電力工程導論這科呢，妳的期中考分數那麼高，最適合不過了。」

筱戀瞪大眼。

所以唐予捷在問她分數的時候，早就計劃後面這一切了嗎？

還是她打從一開始，根本就沒有想要繼續活著呢？

「對不起，請原諒我的任性和自私。」唐予捷朝著他們鞠躬，道：「唐予捷能夠遇見你們，是我的榮幸。」

「現在，請陸修岳和筱戀，帶著所有人全部離開。」

那瞬間，筱戀和陸修岳就像被催眠似的，身體竟不由自主地行動起來，把其他人一手抓一個往外頭撤，而且不容他人掙脫。

「予捷！妳做了什麼！」筱戀不可置信地大吼，她極力想要克制自己的軀體，卻力不從心。

在混亂的人潮中，她只看見唐予捷笑了起來：「對不起，我是壞人，對信任我的人下手。我料定你們一定會吃下那塊蛋糕。不過請別擔心，那枚晶片的效力只有一次，它不會對你們有任何副作用的，並且明天就會排出體外。」

「予捷！求妳不要這樣做，求求妳！」縱使筱戀明白，唐予捷是鐵了心要留在這裡，她也明白唐予捷不想繼續活著的理由，可是就如唐予捷說的，人都有私心。

但她現在什麼都不能做，只能看著唐予捷微笑的對她揮手，隨後將手槍抵在自己的太陽穴。

那是自從筱戀認識唐予捷以來，笑得最為輕鬆放縱的一次。

唐予捷開槍的那一剎那，筱戀的眼睛不知道被誰遮住了，也許是陸修岳，也許是林祥伊，也許是吳陞叡。

但那不重要。

她只聽見一聲暴力單純的槍聲，夾雜著刺鼻的煙硝味。

從此刻起，星夜死了，而唐予捷也跟著殉葬。

她們從一開始，就注定為了贖罪而活，為了罪孽而死。

繁星永不墜落，墜落的是人們的心。

筱戀終究留不住她心中的那顆星星。

第二十七章

歷經多時的失蹤案破案了。

在警方的努力下，確認罪犯七六五四在警方的攻堅上中彈身亡。

原以為在六年死去的星空居然「復活」，在社會上引起軒然大波，而那塵封已久的Star案無可避免地又被大眾和媒體拿出來討論。

不過人很健忘的，只要日子一久，再大再譁然的案子也會被時間的長河帶離，淡出社會的視線。

無論如何，唐予捷這個名字，倒是從未出現在任何人眼裡，沒有人會知道那天的真相，沒有人會知道早該在六年前死去的星夜其實是殺死星空的兇手，沒有人會知道……

真相，從來都是被包裝過的產品。

筱戀總覺得自己做了一段很長的惡夢。

只要醒過來，一切就什麼都沒有發生。

或許是因為這樣想，她沒有一般人在經歷創傷後會有的副作用，冷靜平凡的彷彿那些腥風血雨和她一點關係都沒有。

基於各種原因，大學畢業乃至順利進到公司後，她依舊住在唐予捷的住處。

偶爾，很偶爾，她會不小心去推開這間房子的另一扇臥室房門，想要叫裡面的人出來吃飯。

看見房間裡面漆黑一片後，筱戀下意識掏出手機，撥通電話想問問她的室友跑去哪裡。

然後，她就會聽見手機的另一端傳來制式化的女聲，提醒她這支手機號碼是空號。

直到這時，筱戀才會恍然想起，她的室友唐予捷早就不在這個世界上了。

即使意識到這個事實，筱戀也沒有什麼大悲大痛的反應，她只會靜靜握著手機，站在那扇門前面，站得很久很久。

彷彿是在哀悼。

經過能將過往置之一笑的時間後，筱戀久違的踏入了白雨市的警察局。

裡面的人抬起頭，熟悉的面孔映入筱戀的視線。

「陸警官，好久不見。」穿著簡便的白襯衫加黑長褲，披散長髮的筱戀輕輕笑了起來，向陸修岳打了招呼。

警局的會客室裡，陸修岳幫筱戀倒了杯茶。

「謝謝。」筱戀輕聲道謝，看著對方也入了座。

「想當初妳和……予捷來警局時，我從來都沒有好好招待妳們過。」陸修岳輕嘆了一口氣，端起杯子喝了口茶。

「那個時候有案子嘛，總得優先處理的。」筱戀輕笑了聲。

陸修岳凝視著筱戀，道：「也是啊，時間過得真快，那件案子都已經快要一年了。」

「才一年而已，卻像過了一輩子。」筱戀低頭看著自己的手說：「我想我能體會予捷當時的心情，那樣被拖沓的生活，到底要怎麼熬過來。」

「筱戀，雖然妳表現得很正常，但其實妳是在逃避。」陸修岳道：「就算是我們看慣這種場面的人，真正碰上了還是會有影響，更何況是妳呢。」

「我也知道我在逃避，可是我又能怎麼樣呢？」筱戀說著：「只有假裝一切都沒發生過，我才能正常的生活下去，只要一想起那些事情，我就不可能放下她。」

「我知道，妳不可能放下她，她在妳的心中占的位置太重了。」陸修岳道：「但妳必須去和她和解。」

「和解？」

「筱戀，妳曾跟予捷說不要把他人的罪孽擔在自己的身上，現在我也想跟妳說一樣的話。」

陸修岳直視著筱戀的眼睛，道：「星空縱使作惡多端，但他有一句話說的沒錯，無論如何選擇權最終是在自己手上，要走哪一條路，是他們自己的決定。」

「予捷選擇自殺，那是她自己的決定，她認為那是對自己最好的歸宿，所以，妳不要認為她的死是妳的過錯。」

「予捷是笑著開槍的，她神智很清楚，知道自己在做什麼。」陸修岳勾了勾嘴角，道：「她和自己和解了，那妳呢，妳什麼時候要和她，還有妳自己和解？」

✡

離開警局前，筱巒看見陸修岳的辦公桌上擺的照片。

照片裡，陸修岳和李瑞希抱著兩個孩子對著鏡頭微笑。

那兩個孩子縱使年幼，可是筱巒絕對不會認錯那兩張臉。

和星空跟星夜，一模一樣的臉孔。

對此筱巒不訝異，事發過後，她曾經去探查過那兩個被製造出來的孩子的下落，還順便得知魯了三十八年的陸修岳終於脫單的消息。

可「喜」可「賀」。

不過人生就是這樣，這一方的枯萎會成為另一端的萌芽。

「他們還好嗎？」筱巒問道。

「他們很好，雖然他們確實有著和星空、星夜一樣的基因、外貌、智商，但值得慶幸的是並沒有他們的感情和記憶。一樣的人在不一樣的環境下，就會走上完全不同的人生。」

「那就好，他們不必再重蹈星家的覆轍。」筱戀說著，又問道：「您給他們取了什麼名字呢？」

「哥哥叫陸星海，妹妹叫陸星辰。」

筱戀微微一愣。

「星海和星辰是星空給他們的名字，有趣的是，和星空星夜都有很強烈的對比，或許這是我多想，但說不定星空的潛意識裡是希望這兩個孩子能夠走向和星空星夜截然不同的人生呢。」

「星空真正的想法我們已經不知道了，但保留這個名字，多少也算是紀念他們吧。」陸修岳朝著筱戀微微一笑：「我想，這是我和自己和解的方式。」

筱戀沉默看著照片，許久，她的臉龐揚起了燦爛的笑靨。

如花一般的絢麗，如陽光般的耀眼，不再有任何的壓抑。

筱戀是明媚如太陽般的人，即使有過陰霾，只要散去，她始終都是相當耀眼的女孩。

「我明白了。」

「那麼，妳等等要去做什麼呢？」陸修岳偏頭問道。

「我想去越影高中一趟。」筱戀偏過頭，將長髮勾到耳後，淺淺笑道：「這是我和予捷的約定，我不能失守。」

「如此便好。」陸修岳也笑了起來：「那麼，之後有空我們再見面吧。」

「嗯，陸警官，下次再見。」筱戀朝著陸修岳揮手道別，旋即回過身，踏出了警察局，身影沒入了人群中。

再見，不會再見面。

再見，期待再見面。

無論如何，我們都感謝這次的相見。

繁星會墜落，但它存在過的事實，永遠都不會被抹去。

要推理115　PG3047

要有光 FIAT LUX　星之罪

作　　者	璃　璃
責任編輯	吳霽恆
內頁圖示	Freepik.com
圖文排版	陳彥妏
封面設計	王嵩賀

出版策劃	要有光
發 行 人	宋政坤
法律顧問	毛國樑　律師
印製發行	秀威資訊科技股份有限公司 114台北市內湖區瑞光路76巷65號1樓 電話：+886-2-2796-3638　傳真：+886-2-2796-1377 http://www.showwe.com.tw
劃撥帳號	19563868　戶名：秀威資訊科技股份有限公司 讀者服務信箱：service@showwe.com.tw
展售門市	國家書店（松江門市） 104台北市中山區松江路209號1樓 電話：+886-2-2518-0207　傳真：+886-2-2518-0778
網路訂購	秀威網路書店：https://store.showwe.tw 國家網路書店：https://www.govbooks.com.tw
總 經 銷	聯合發行股份有限公司 231新北市新店區寶橋路235巷6弄6號4F 電話：+886-2-2917-8022　傳真：+886-2-2915-6275

出版日期	2024年8月　BOD一版
定　　價	350元

讀者回函卡

Printed in Taiwan

國家圖書館出版品預行編目

星之罪/璃璃著. -- 一版. -- 臺北市 : 要有光,
2024.08
面； 公分. -- (要推理 ; 115)
BOD版
ISBN 978-626-7515-07-5(平裝)

863.57 113009181